诗情话意

吴兴杰 著

陕西新华出版
太白文艺出版社·西安

图书在版编目（CIP）数据

诗情话意 / 吴兴杰著 . — 西安：太白文艺出版社，2023.7
ISBN 978-7-5513-2352-9

Ⅰ . ①诗… Ⅱ . ①吴… Ⅲ . ①诗集－中国－当代 Ⅳ . ① I227

中国版本图书馆 CIP 数据核字（2023）第 007006 号

诗情话意
SHIQINGHUAYI

作　　者	吴兴杰
责任编辑	蒋成龙
封面设计	刘萍旋
出版发行	太白文艺出版社
印　　刷	陕西隆昌印刷有限公司
开　　本	787mm×1092mm　1/16
字　　数	296 千字
印　　张	19.5
版　　次	2023 年 7 月第 1 版
印　　次	2023 年 7 月第 1 次印刷
书　　号	ISBN 978-7-5513-2352-9
定　　价	78.00 元

版权所有　翻印必究
如有印装质量问题，可寄出版社印制部调换
联系电话：029-81206800
出版社地址：西安市曲江新区登高路 1388 号（邮编：710061）
营销中心电话：029-87277748　029-87217872

前　言

　　本书是我2014年出版的《诗路话语》的姊妹篇，亦是接续《诗路话语》之后的部分日记。她是我人生的记忆，也是我漫步的足迹。至于日记为什么以诗词的形式出现，除了在《诗路话语》一书引子中阐述的原因之外，还因为诗词的美好，犹如唐朝的一株柳、宋时的一尾鱼、元时的一首曲、明时的一股风、清时的浣纱女、如今的猎猎彩旗……摇荡在古老的河畔，游弋于清澈柔波，传诵在高山草原，悠扬在幽深的胡同，飘扬在广阔的华夏大地。随时随地，清晰可见。

　　有别于《诗路话语》的是，这部分日记，大部分通过手机曾在微信朋友圈中与大家见过面。特别是在游览祖国大好河山的过程中，用手机随拍照片后转发于朋友圈中，触景生情，触物兴叹，触物思史，情景交融，有感而发。以诗词扩展照片的情景，用照片延伸诗词的意境，图文并茂，相得益彰，诗情画意兼而有之。在编辑本书时，限于篇幅，只保留了几张照片，很自然地将画意转变为话意了。因此，定名为《诗情话意》！

　　全书共分为三个章节："军魂永驻"记录了我在祖国西北边陲近二十个春秋的战斗、生活岁月及战友情谊；"赤子情怀"着眼于退伍后日常生活、工作点滴，展现一名老兵热爱党、热爱祖国的赤子情怀；"壮美山河"以游历为主题，反映了祖国日新月异的变化，抒发一名老兵的爱国热情。

欢庆第一颗原子弹爆炸成功

目录

CONTENTS

第一章　军魂永驻…………1

第二章　赤子情怀…………99

第三章　壮美山河…………233

附　录……………………301

后　记……………………303

第一章 军魂永驻

　　军人，肩负着保家卫国的重任和使命；军人，心系人民群众的安危与国家和平；军人，有随时准备牺牲自己、为国捐躯的英雄气概；军人，永远冲锋在前，用血肉之躯铸成不朽的长城；军人，是脱下军装依然战斗在祖国四面八方的精英……

　　我1976年应征入伍，在祖国的西北边陲战斗了将近二十个春秋。现在虽然已经退休，但从未忘记自己曾是个军人。红山、马兰驻地的山山水水时刻浮现在我的脑海里。在托克逊、库米什、乌什塔拉、罗布泊、孔雀河、甘草泉、辛格尔、黄羊沟、通京路、古楼兰、戈壁大漠……走过的足迹还清晰可见；在720、6710、主控站、白云岗、团结村、胜利村、跃进庄、老开屏奋战的历程仍历历在目；与太阳同辉的耀眼火球，绮丽撩人的蘑菇云，地火奔涌的雷霆，仍在眼前飘浮、在耳边回荡……更有一同奋战于"死亡之海"的战友，一同攀登科学高峰的兄弟……无论走到哪里，我始终不会忘记。

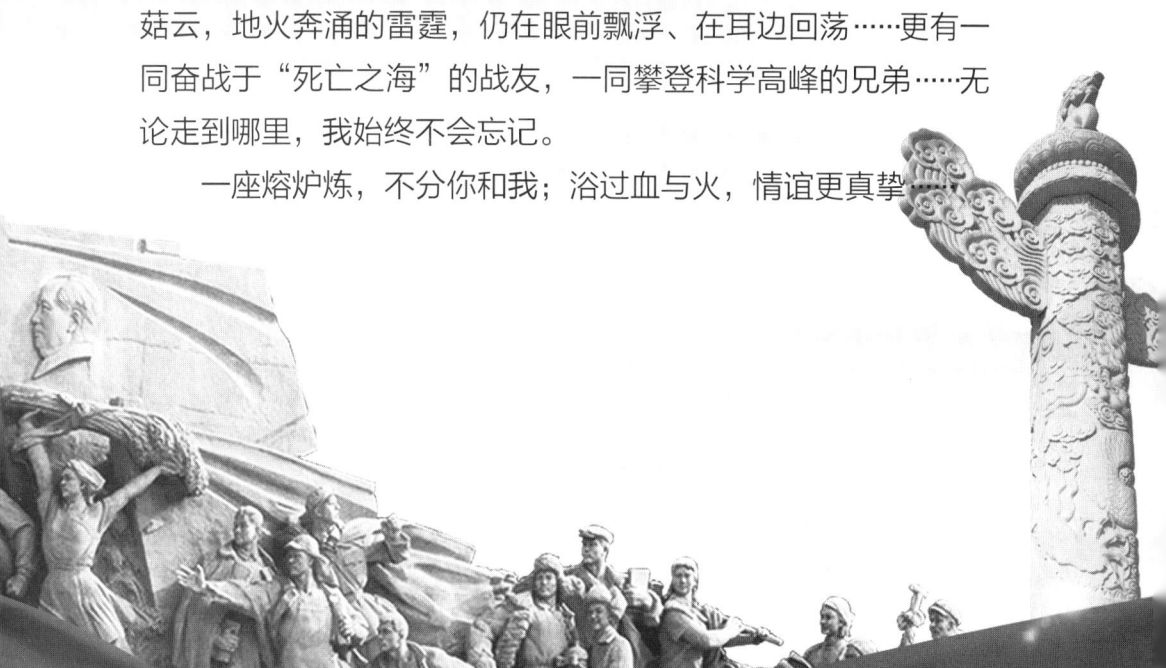

　　一座熔炉炼，不分你和我；浴过血与火，情谊更真挚……

战友魏伯庆题字

第一章 军魂永驻

忆战友

虽是过去的记忆,

却不由得常常想起。

也许人生有许多的精彩,

但是有几人梦里萦绕过荒凉的戈壁!

不知你是否记起?

到达红山驻地的那个夜里,

茫茫白雪铺天盖地。

你我如同两片雪花,

在红山戈壁相聚。

那时我才十七岁,

在我眼中荒漠的戈壁充满了太多的神奇!

常常望着看不到尽头的天际,

随着翻滚的白云放飞我青春的花蕾。

战友啊!你捧着一束骆驼草,

不经意来到我的身边,

你说这就是沙漠中的生命。

我望着茫茫戈壁,感觉是那么的温馨,

似乎眼前涌起了无边的绿地。

十六年的日子不算太短,

但是心中的萌动使我感觉如白驹过隙。

大漠风沙吹走了五千多个日子,

感动生命中曾经走过一个活泼可爱的你。

分别时刻终于到来,

不争气的泪珠洒落得断断续续……
心中似有千言万语，
也许因为我们太年轻，
最终也没有定下重逢的日期……
战友啊！你在哪里？
这么多年你可把我偶尔想起？

2010.11.9

战友相会

大寒至时情更浓，战友热情驱寒冬。
戈壁天山饮冰雪，头染银霜再相逢。
转眼分别数十载，忆昔更觉友谊重。
但愿有生常相聚，同兴中华立新功。

2013.1.20

迎战友[①]

相逢戈壁正年少，为固国防逞英豪。
四十年后又相逢，两鬓斑白情更高。

2014.6.19

鹧鸪天·戈壁军人

万里大漠戈壁滩，千军踏至搞试验。声声惊雷震天响，个个青春献边关。

[①] 李世明战友，1978年转业至克拉玛依油田，今探家归疆路过西安，我和战友们一起，迎接共聚。

意志坚，兴乐欢，死生度外克难险。科学险峰勇登攀，不固国防誓不还。

2014.6.25 小雨

"八一"赠战友

守卫边关岁月稠，大漠戈壁苦奋斗。
三十八年弹指去，须发渐白频回首。
同食大漠风沙雪，为固国防不言愁。
而今分别千万里，唯有思念在心头。

2014.8.2 高温

鹧鸪天·大漠军魂

一望无际少人烟，千军踏至为科研。隐姓埋名无人知，蘑菇红花格外艳。

意志坚，苦也甜，为铸利剑克难险。默献青春无所悔，精忠报国好儿男。

2014.8.7 中雨

同乡战友杨寅义题写赠言

基地政委致辞有感

年轻后生承重担，慷慨讲话沥肝胆。

未忘去日艰难事，已将马兰换新天。

核弹胜爆五十载，战友重逢聚马兰。

故旧少狂永难忘，会侃合欢情如山。

2014.9.11 夜于马兰

马兰座谈会[①]

戈壁一别数十年，斗转星移换新天。

南来北往多风雨，战风斗沙友谊坚。

昨日春颜随风去，今朝暮容鬓发斑。

马兰会晤忆旧事，无悔体衰壮志添。

刊登在《春雷》杂志 2015 年第 2 期

2014.9.12 于马兰

马　兰

中秋节中至马兰，早出晚归已觉寒。

重游故地不觉累，基地招待倍感暖。

2014.9.13 早于马兰

[①] 基地组织我们"马兰寻梦团"参观马兰的连队、公园、生态园以及飞机场等，特别是取样队设在机场的洗消站、实验室、叠伞楼等，我们许多老同志流连忘返。

2014年重回核试验基地留念

回红山[①]

难忘三十八年前，投笔从戎至红山。
虽已解甲今又至，犹似梦中多思念。
千言万语意未尽，三番五次寻从前。
老兵鬓白情犹在，细数足迹忘回返。

刊登在《春雷》杂志2015年第2期

2014.9.13 于红山

红　山

昨日盛景已难显，但见残壁与断垣。
难信曾是将军楼，科技之花红烂漫。
众人细寻旧迹处，追思梦中话当年。

[①] 我们"马兰寻梦团"一行三十多人，在基地司令部办公室李媛等人的带领下，又来到了我们曾经战斗、生活的地方。

试验足迹遍戈壁,汗水成河映红山。

2014.9.13 于红山

放化楼

一群老翁站楼前,满目瓦砾和断垣。

每忆当年忘生死,一心一意搞科研。

青春年华献戈壁,而今思之倍觉甜。

老马仍须志千里,明日场区再思眠。

刊登在《春雷》杂志 2015 年第 2 期

2014.9.13 于马兰

试验场区感怀

今天前往核试验场区,顺路参观了甘草泉、辛格尔等哨所。

青春年华奉献地,再临"死海"亦称奇。

五湖四海喜相聚,南山北岭寻足迹。

"四号"铁塔可安在?"七号"试验有影迹。

"八号"竖井更可观,招待所中同回忆。

2014.9.14 于场区招待所

博斯腾湖

万里大漠一明珠,芦苇丛中咏千古。

昔日捉鱼踪难寻,而今盛况难以书。

2014.9.14 于马兰

库尔勒胡杨林[1]

云横雾绕沙水映,秋色胡叶伴日红。

盘根苍枝生贫地,浓涂淡抹似画翁。

晚霞一线绝佳作,尽染塔里胡杨松。

万古边关沧海竭,谁将秀色点此峰?

刊登在《春雷》杂志 2015 年第 2 期

2014.9.15 于库尔勒

吾侪战友

五湖四海同聚首,青春年华边关留。

大漠深处创伟业,天山之巅书春秋。

为国未论得与失,党的宗旨记心头。

鬓白常忆战友情,历尽沧桑无所求。

刊登在《春雷》杂志 2015 年第 2 期

2014.9.16 离开马兰时草咏

赠战友

风雨戈壁意气投,从戎岂敢忘国忧。

献身边关固国防,情融天山绘春秋。

终生为民不忘本,赤志报国社稷酬。

白发亦思少年志,强我中华同携手。

刊登在《春雷》杂志 2015 年第 2 期

2014.9.16 于乌市与战友别书

---

[1] 今天,我们来到库尔勒,昔日的旧貌踪迹已难寻。恰巧是巴音郭楞蒙古自治州成立 60 周年的日子,库尔勒一片欢庆的气氛。

贺原子弹爆炸成功 50 周年

戈壁荒漠克难险,惊天动地五十年。

爬冰卧雪攀高峰,无愧中华好儿男。

《诗路话语》为薄礼,为有军旅心无憾。

如今万众同协力,神州腾飞在眼前。

2014.10.16

忆

背井离乡路漫长,三十八年诸事忙。

童年趣事常回忆,边关雪月怎能忘?

丹心卫国食霜雪,理想扬帆战狂浪。

披荆斩棘一路歌,未负中华一儿郎。

2014.11.16 阴冷

少年游

投笔从戎守边关,道路曲折艰。大漠戈壁,马兰红山。笑对天山寒。

战风斗沙为试验,敢把青春献。中华男儿,挥洒血汗。永保国平安。

2014.12.1 晴冷

一剪梅·重回红山

昔日天山聚宝盆,科技创新,风景宜人。藏龙卧虎齐发奋,惊雷阵阵,捷报纷纷。

当年辉煌难再寻,扬鞭牧民,牛羊成群。残壁断垣前吟韵,青草深深,绿波粼粼。

2014.12.10 晴

情酬戈壁

大漠戈壁多荒凉，千军踏至歌嘹亮。

食沙饮雪无所惧，誓让惊雷震天响。

老兵今虽居闹市，一样登高望边疆。

青春年华奉献地，为国再书新篇章。

2014.12.12 晴

鹧鸪天·戈壁军人

面对荒凉戈壁滩，终年奋战不怕难。"死海"练就英雄志，青春年华献边关。

宗旨坚，甘守边，生死度外终无憾。豪情满怀固国防，精彩人生保国安。

2014.12.16 晴

人　生

一生道路多坎坷，九霄云外谱浩歌。

冰天雪地无所惧，电闪雷鸣又如何。

愧吾才疏力单薄，难除天宫鬼妖魔。

为民奋斗忘生死，誓向黑夜燃烈火。

2014.12.18 晴

年底回忆

少小离家守边西，戈壁大漠创奇迹。

解甲闹市未傲功，心装百姓忘自己。

谈笑面对宦海事，何惧身瘦鬓发稀。

世间本就坎坷多，酸甜苦辣不足奇。

2014.12.25 阴天

故乡战友元旦来访[①]

有朋远自故乡来，共游古城笑语开。

互问诸事可安好？更询儿孙可成才？

"国力仁和"同举杯，戈壁大漠话畅怀。

三十八年均有悟，军人豪情志未衰。

2015.1.3 晴

战友相聚[②]

虽是忙碌脚不停，皆为同忆戈壁情。

转业东西和南北，创绩得胜均有成。

少小从军立壮志，报答故乡父老情。

父辈为国青春献，吾辈守边遗志承。

2015.1.5 阴

再 忆

寻梦马兰戈壁滩，重游红山情浓繁。

残壁断垣多感触，大漠丰碑似会言。

机场蜂巢[③]添新意，塔里胡杨[④]增奇颜。

---

① 王平虎夫妇、柴永龙夫妇与孙女、张永华、姚喜泉一行来西安，故记之。
② 故乡战友元旦来西安，举杯共饮，欢度新年。故记之。
③ 机场蜂巢：马兰机场被废弃的取样实验室，已被马蜂筑上巢穴。
④ 塔里胡杨：塔里木的胡杨林。

畅怀祖国献青春，未负中华好儿男。

2015.1.17 晴

长相思·战友情

同乡情，战友情。情到浓时即相逢，举杯话英雄。

边防兵，原子兵。兵心为国赤胆诚，默默献青春。

2015.2.7 晴

江城子·题《回顾与展望》①

回顾展望架彩桥，风萧萧，路迢迢。猛然回首，往事知多少？青春虽逝心未老，抒壮志，再挥毫。

四十年前铸"长矛"②，克险关，揽大潮。指点江山，风景这独好。展望未来劲更足，登高楼，攀新高。

2015.4.14

涉核人员体检有感③

为巩国防战天山，青春年华献边关。

铸就春雷惊世界，未惧体瘦鬓发斑。

人民未忘吾辈艰，关怀老兵体康健。

老友相逢多苍老，亡羊补牢犹未晚。

2015.6.4

---

① 收到部队寄来的《回顾与展望》，读后提笔草书，随后刊登在2015年8月21日《回顾与展望》第二版。
② 铸"长矛"：核试验。
③ 今年陕西省下发涉核人员有关文件，对涉核人员又一次进行统计、认定，并组织到临潼核工业417医院体检。许多战友多年不见，都老了，有的已行走困难。

自　题

少小卫国走天涯，艰难困苦自立家。

东奔西走不怕苦，为官长安情更佳。

人生一世未虚度，尊老爱幼勇奋发。

转战南北不足惜，终生为民为国家。

2015.6.26

江城子·八一聚会①

赤日炎夏八月天，战友宴，豪情满。"八一"相聚，同忆戈壁滩。无愧中华好儿男，好年华，献边关。

相会故乡须尽欢，诗浪漫，酒醇酣。《诗路话语》，凝聚情无限。举目中条咏新诗，风悠悠，水潺潺。

2015.8.1

回　忆

是夜辗转难成眠，红山马兰浮眼前。

情注红柳戍边土，汗洒蘑菇试验田。

天山雪映赤子心，戈壁风洗青春颜。

年近花甲思惊雷，聊发少年狂笑谈。

2015.8.3

自　题

回首生平多自强，坎坷蹉跎搏大浪。

---

① 在庆祝建军88周年的时刻，闻喜入伍至核试验基地研究所的战友近80人从大同、西安、临汾、侯马等地赶来，相聚闻喜，这是历年相聚人数最多的一次。

青春奉献戈壁滩，守边卫国固国防。

解甲不忘民本色，修身闹市视不盲。

虔愿勤劳严要求，无愧党的好儿郎。

2015.9.14

鹧鸪天·核试验兵

面对万里戈壁滩，壮志九霄凌云端。惊天动地创奇迹，隐姓埋名几十年。

斗风寒，意志坚，生死度外克尖端。豪情满怀战天山，精忠报国青春献。

2015.12.12 雪

我为祖国守边疆

青春的年华来了，心中，

突然潮涌般升起一种渴望：

投笔从戎，到祖国最需要的地方！

不是倾慕于异域的旖旎，不是。

只想把我的足迹，一个炎黄子孙的足迹，

留在华夏神州，每一寸温馨的土地上……

从小步入学堂，祖国，

我只能在课本的地图上端详你的模样，

我为你昂扬的雄姿而骄傲，

我为你辽阔的胸襟而神往……

可是，
地图上听不到南海如雷的涛声啊，
地图上摸不到昆仑坚挺的脊梁；
看不到牡丹江的落日，
闻不到云贵高原的稻谷芳香……
地图上留下多少遗憾，
我的梦里便有多少惆怅！

从那时起我就想着为祖国站岗，
可是不能！
那时我正畅游在知识的海洋。
在我幼小的心灵，
留下了八国联军的烧杀掠抢，
也有南京大屠杀的悲壮凄凉……
这一切，这一切都猛烈地震撼着我的心房。

而今，当我接过先辈的接力棒，
来到祖国的西北边疆；
站在天山之巅，
蓦然间展开了飞翔的翅膀。
啊！
祖国是多么辽阔，
山河是多么雄壮！
用我的心吻遍我挚爱的热土，

第一章
军魂永驻

让我的爱在流泪的热吻中尽情释放!

为祖国站岗是我们的职责,
巩固国防是我放飞的梦想;
守边就是哪里艰苦哪安家,
卫国就是好男儿志在四方;
仰天大笑出门去——我为祖国守边疆,
大风起兮云飞扬——我要为国固国防!

啊!
我要骑马扬鞭走天涯,
我要以苦为乐紧握手中枪。
到碧波无垠的天涯海角,
到枫叶如丹的岳麓山岗,
到白雪如鹅绒般洁白轻盈的北国冰城,
到绿水如翡翠般晶莹剔透的江南水乡。
或者,驾一叶小舟,
于苍茫云水间恣意漂荡,
领略海上生明月时的遐想;
或者,披一肩晨露,
从野花凄迷处拾级而上,
拥抱泰山迎日出时的辉煌。
或者去看大漠孤烟的飘袅,
或者去听牧笛横吹的悠扬,

或者是欣赏渔歌互答的纵逸，
或者去体味把酒临风的酣畅……

啊！祖国，
我是怀着对你无限的爱恋而去的啊！
我是揣着对你热烈的憧憬而去的啊！
不，不会有出门在外的孤独，
不，不会有暮归他乡的凄凉！
艰难困苦算什么？
守边岂能怕荒凉！
天涯何处无芳草，
人生何处不故乡。
走遍九百六十多万平方公里的土地，
总是祖国母亲温暖的胸膛！
醉了，有母亲敞开的多情怀抱，
累了，有母亲坚强有力的臂膀；
醒了，是母亲甜美的微笑，
走了，是母亲殷殷的目光……
如此，即使邂逅凄迷的风雨，
我也会踏着泥泞，边走边唱！

于是，就有了硕果累累的秋天，
灿烂的金菊撒了一路灿烂的金黄；
唱一支心中的歌儿，

我为祖国守边疆。

刊登在《春雷》杂志 2017 年第 1 期（有删减）

2016.1.2

马兰回忆

谁言边关多霜尘，男儿奋战几十春。

不惧狂沙北风恶，"死海"冲杀泣鬼神。

戈壁携手摘"蘑菇"，天山战鼓奏雷音。[①]

大漠深处洒血汗，马兰精神壮乾坤。

2016.3.4

自　励

四十年前吾从军，戈壁大漠战风云。

痴心常忧家国事，壮志为民守国门。

虽有昏鸦蛀杨柳，亦于雪域听佳音。

终把豪情寄翰墨，留予后人辨假真。

2016.4.20

赠战友（二首）[②]

——题二十一所管理处战友西安聚会

一

战友重逢蕾德曼[③]，友谊深厚意亲酣。

[①] "蘑菇"、雷音均指核试验。
[②] 此两首诗登在我为本次聚会制作的《2016 年西安聚会通讯录》中。
[③] 指蕾德曼酒店。

相安互慰情如海,会侃庆欢义如山。
古老天山今未忘,卫国青春献边关。
西域戈壁催颜老,安度晚年增新篇。

二

军营戈壁同牵手,解甲归田分国忧。
志守边关固国防,情留疆陕绘春秋。
青春年华献边关,党之宗旨记心头。
老退犹思戎马岁,耆老不忘社稷酬。

2016.5.7 于蕾德曼酒店

别战友

韶华戎马固国防,大漠戈壁路漫长。
隐姓埋名默奉献,不怕冰霜飞沙狂。
解甲未忘军人色,祖国处处好儿郎。
今别不知何日见,祝愿老友永健康。

2016.5.11

胜利之歌

春暖花开艳阳天,探访长征进漫川;
如今重走长征路,始知当年难与险。
敌人围剿鄂豫皖,企图将我红军歼;
中央领导做决定,突破敌人包围圈。
受命指挥徐向前,机智勇敢又果断;
弃东西征甩恶狼,决断英明危转安。

第一章 军魂永驻

连战敌军追堵截，艰苦攀登商洛山；
千军万马羊肠路，忍饥受饿抗严寒。
昼夜兼程极疲惫，黄昏露营漫川关；
漫川关口地势险，周围奇峰入云端。
仅有几条羊肠道，四面早被顽敌占；
前面豺狼已设伏，后面恶熊正追赶。
左右两侧敌布阵，我军再陷包围圈；
敌人嚣张气焰高，妄想将我全围歼。
红军长途行军战，未及休整缺粮弹；
地形对我很不利，山高壑深难回旋。
指挥决策稍不慎，招来损失不可挽；
在此生死存亡时，机会主义却露脸。
惊慌失措张国焘，提出部队要分散；
假如照他那样做，势必被敌各个歼。
总部指挥徐向前，高瞻远瞩做决断；
命令团长许世友，此战靠你猛虎团。
杀出垭口夺血路，确保全军过漫川；
徐总命令震天响，亲切沉重更威严。
紧紧握住世友手，千斤重担落你肩；
全军安危此一举，不惜一切用血换。
世友英气冲霄汉，斩钉截铁表誓言；
只要战斗枪声响，奋不顾身冲向前。
攻如猛虎腾空起，守如巍巍昆仑山；
强将手下无弱兵，能征善战敌胆寒。

团长威风战士见，个个斗志倍增添；
犹如闪电冲垭口，好似猛虎扑下山。
敌人机枪连声起，子弹恰似暴雨点；
各种炮弹连续炸，火光瞬间冲破天。
英勇顽强无所惧，前仆后继永向前；
世友拔出驳壳枪，带着卫兵冲上山。
随后紧跟机枪连，一起冲出包围圈；
撕开一条血淋口，占据垭口一座山。
敌人并不甘心败，整营整团扑上山；
我军垭口一个营，牵着敌人牛鼻尖。
敌人增兵两个旅，轮番进攻不间断；
凭借密林灌木丛，偷偷摸到我阵前。
英雄战士一声吼，刺刀长矛手榴弹；
缺少弹药算什么，巨大石头滚下山。
白刃格斗争寸土，尸横遍野血满山；
从早打到天色晚，敌人难有半步前。
虎团前沿死坚守，兄弟营团来支援；
左右两侧紧配合，将敌压制深谷间。
虎团堵住垭口敌，我军迅速向北转；
入夜天气突变化，大雪飞扬鹅毛般。
前沿阵地弹坑满，战火弥漫冒硝烟；
天寒地冻白茫茫，饥寒交迫苦难言。
我军战士衣衫单，脚穿草鞋雪中站；
同敌恶战一昼夜，滴水粒米未下咽。

第一章 军魂永驻

后勤处长周业成，找来生芋当食餐；
一人仅能分一个，量小怎把饿肚填。
将士拿起咬一口，又苦又涩又麻酸；
为了坚持到明天，吃下半边留半边。
轮番派出小分队，摸到敌人屁股边；
又是打枪又扔弹，疲惫敌人夜难眠。
次日敌人更疯狂，几度冲到我前沿；
双方混战在一起，生死只是一瞬间。
打旗战士罗应怀，勇敢机灵斗志坚；
战场急中生智慧，旗矛猛插敌耳间。
惨叫一声敌翻滚，排长机枪扫一片；
双方扯开拉锯战，各自伤亡重亦惨。
营长连长指导员，壮烈牺牲在阵前；
营团领导也身残，大多排长把躯捐。
我军广大指战员，前仆后继冲上前；
营长倒下连长替，连长倒下排长担。
战斗连续三昼夜，各级干部多次变；
阵地未失一寸土，敌人死伤过千万。
兄弟团守两翼山，亦与顽敌作周旋；
左侧龙山制高点，二一九团正激战。
英雄团长韩金成，光荣牺牲在阵前；
徐氏世奎副团长，接替指挥肩重担。
北山垭口阻击战，确保全军过漫川；
山阳漫川这一战，四军存亡是关键。

枪林弹雨铺天来，棵棵树木拦腰断；

战旗撕成小碎片，旗杆多处被打穿。

一营上去五百六，下阵仅剩六十三；

二营离阵细查看，廿人冻死雪里边。

英雄躯体早冻僵，卧射姿势未改变；

犹如尊尊铜铸像，英灵壮举动地天。

世友一个猛虎团，阻歼敌人八倍半；

战斗顽强作风硬，英雄美名万代传。

长征路上创奇迹，改变困境转危安；

岁月悠悠虽远去，难忘长征路途艰。

延安窑洞会精英，红旗插遍宝塔山；

革命火种万里播，祖国处处花烂漫。

革命传统要发扬，尔等怎能享清闲；

改革开放新长征，不怕万水和千山。

前辈业绩后辈承，与时俱进永向前；

牢记宗旨为人民，莫忘入党时誓言。

刊登在《春雷》杂志 2016 年第 3 期（有修改）

2016.6.9

壮志凌云

——为《中国核试验基地火箭发射队纪念画册》而作[①]

嫦娥奔月传说至今，

　　火药发明最早也是我们中华的声音。

---

① 李德江战友主编《中国核试验基地火箭发射队纪念画册》，我应邀为画册撰写此文。

第一章 军魂永驻

但不知从何时起,

我们却步人后尘……

为了粉碎核讹诈,

我们担负起了历史的重任。

离别闹市奔边疆,

戈壁大漠泣鬼神。

为了傲立于世界民族之林,

上天赋予我,

奋发向上的灵魂。

食沙饮雪算什么?

敢登天山举昆仑。

因为我喜欢蓝天,

我喜欢蓝天的红日皎月、洁白流云;

不惧怕大漠的飞沙走石,茫茫黄昏。

于是,我隐藏在大地深处,

静候着大地腾起蘑菇彩云。

仰——天——长——啸,

我的啸声如风吼雷鸣,

与春雷发出同样的声音。

相信我,

这不是无聊的宣泄,

这不是无病的呻吟;

我用我的执着，
书写着盎然生机，
书写着流畅气韵，
书写着阳刚之美，
书写着进取之心。
任凭枯枝残叶，
在啸声中瑟缩而下，
我看到的是，
山伴啸声壮巍峨，
水伴啸声添神韵；
大河上下花烂漫，
神州处处满目春。

也许，
我的啸声多了些壮烈，
少了些温存；
因为为了祖国，
我义无反顾、英勇献身，
化作烈焰、融入万民。
也许，
我的啸声会让人多了些猜度，
误以为我要称霸世界之林！
其实，
我要告诉世界，

第一章 军魂永驻

中国任人宰割的时代，

一去不复返了！

这是向世界发出的最强声音。

这一切，全不当紧，

只要人们知道，

这是我——自己的声音！

只要世界知道，

这声音发自丹田，出自内心。

想说的只是，

活着，就要轰轰烈烈，

奋发拼搏，壮志凌云，

活出个个性，

活出个精神！

2016.7.13

怀念战友[①]

惊闻将军南京离，思绪随风飘万里。

"两弹"院士神永在，音容笑貌常相忆。

科技先锋之楷模，不惧风霜战戈壁。

"八〇二三"诸战友，穿越时空行军礼。

2016.7.23

[①] 陈达战友因病在南京去世，享年80岁。

庆"八一"[①]

眼观银屏泪纷飞,青春岁月献戈壁。

"死海"奋战不怕苦,爆心进出多少回。

为使春雷惊天地,醉卧大漠倚丰碑。

今虽体衰鬓斑白,强军固疆永不悔。

2016.8.2

永遇乐·军旅生涯
——观电视剧《马兰谣》有感

投笔从戎,奔赴戈壁,巩固国防。巍巍天山,茫茫沙海,添英雄儿郎。食沙饮雪,伴月听风,地窖即为营房。为祖国,舍生忘死,誓把春雷奏响。

孔雀河畔,大显身手,蘑菇云吐芬芳。放化楼中,不怕放射,恰似上战场。红山马兰,献我青春,放飞人生梦想。今解甲,体虽多病,无愧于党。

2016.8.16

战友情
——为《中国核试验基地火箭发射队纪念画册》而作

凝视着画册的一页页画面,

战友的笑容依次浮现在眼前;

亲切的话语依稀萦绕在耳边,

嘹亮的歌声依然震撼着心田。

[①] 在庆祝建军89周年之际,中央一台8月2日开始在黄金时段播放反映核试验基地的电视剧《马兰谣》,自己曾是其中一员,故感书。

第一章
军魂永驻

我们诞生于 1967 年，
"6710"是我们的主打营盘；
操场上，我们的步调一致，
饭堂前，我们的歌声震天；
戈壁滩上，我们挥汗如雨，
发射架前，我们气冲霄汉。

死亡之海罗布泊，
我们携手并肩勇往直前；
枯竭孤寂孔雀河，
我们舍生忘死搞试验；
核试验场上显身手，
我们情同手足甘苦同担。
发射架上列银剑，
"和平火箭"捷报传；
发射井中腾烈焰，
"挺进火箭"书新篇。

我们同经风雨，同受历练，
我们舍生忘死，卫国戍边；
为了蘑菇云朵竞相开放，
我们愿做绿叶映衬蓝天；
我们经受了，

生与死的磨炼；

我们经受了，

血与火的考验。

战友啊战友，我们是展翅高飞的雄鹰，

日夜翱翔在祖国的万里边关；

战友啊战友，我们把青春的岁月，

写在祖国的戈壁大漠，巍峨天山。

马兰的景色，永远驻留在心间；

红山的美酒，永远壮行在丹田；

合拢这沉甸甸的画册，

脑海里仍是军营画卷！

2016.10.18

不老的故事

——献给中国核试验基地火箭发射队的战友们

没有了军号声声。

没有了列队的阵容。

没有了练兵场上的震天呐喊。

但我们却不会忘记时光短暂的火热军营。

没有了天山的风霜雪雨。

没有了沙漠戈壁的严寒酷暑。

没有了试验场上的电闪雷鸣。

但我们的战友之情仍在续写新篇。

第一章 军魂永驻

我们同甘共苦亲如兄弟，
我们千锤百炼只为这穿云神箭。
从1967年到1986年，
廿年促使许多往事如烟。
可这本图文并茂的纪念册，
足以让我们爱不释手难以掩卷。

从马兰到场区，从"6710"到红山，
我们散了又聚，聚了又散，
但始终有一种莫名的牵挂，
让我们无法停止日夜的思念……

经过多年打拼，也许你仕途顺坦，
抑或富甲一方，又或许生活贫寒；
这些皆是身外之物，
丝毫不影响我们的战友情缘。

岁月如梭，时光荏苒，
也许你已安享天伦，子孙承欢，
也许你还在人海沉浮，披荆闯关，
但我们始终坚守着从军奉献的信念。
岁月虽能改变我们的现状，
但它不能改写我们在大漠拼搏的从前。

战友是什么——

是一段不老的故事。

不论我们初识军营，

还是如今白发鬓斑；

聊起来，都会让我们热血沸腾，

梦回马兰。

战友是什么——

是一份恒久的挂念，

无论你独在异乡，

还是身处边关，

天涯海角，距离不再遥远，

战友情暖！

2016.10.19

少年游·忆军营

投笔从戎守边关，马兰与红山。任劳任怨，无私奉献。奋战戈壁滩。

巩固国防吾辈责，勇把重任担。忠心耿耿，汗洒天山。春雷惊云天。

2017.1.3

新春忆生平

青春奉献罗布泊，天山之巅奏凯歌，

第一章 军魂永驻

戈壁之上播种春天的花朵。

解甲闹市未褪色,军人气概壮山河,

终生为党发出赤诚的光热。

为国敢铸和平剑,为党勇谱战斗歌,

为民不惧激流险滩稳掌舵。

2017.1.28

新年寄战友

西出阳关不怕难,青春年华献边关。

戈壁大漠鸣惊雷,携手共同战天山。

而今虽别志未减,同忆马兰书新篇。

备尝艰辛终无悔,回味倍感心里甜。

2017.2.2

忆

壮志卫国赴马兰,魂牵梦绕戈壁滩。

红山红柳红心照,为党为国为科研。

卧听惊雷鸣九霄,笑对风雪苦千般。

当年春雷今犹在,无愧中华好儿男。

2017.2.8

老 兵

穿越时空忆马兰,戈壁奋战二十年。

罗布泊畔举烈日[①],地窖棚中书新篇。

---

① 举烈日:核试验。

老兵爱忆老兵事，战友常思战友言。

而今鬓斑未服老，夕阳灿烂光无限。

2017.2.11

忆军营[①]

看见"七二〇"，耳旁惊雷鸣。

老友鬓虽斑，群里又重逢。

路遥难握手，视频情亦浓。

彼此祝健康，感觉又年轻。

2017.2.19

难忘红山

——献给为我国"两弹"事业做出贡献的战友们

长江、黄河、太行、黄山，

波涛、绿树、红花、蓝天；

祖国一声召唤，

我们来到遥远的戈壁边关！

天山脚下红旗招展，

茫茫大漠红星闪闪；

红山群山环绕，

马兰花开鲜艳。

科技高峰勇攀登，

春雷滚滚震宇寰！

[①] 看到战友在微信群中发"720"核试验场区以及马兰、红山照片，故感咏。

第一章 军魂永驻

放化楼里样品闪烁，
忙碌的人们汗透衣衫；
化爆场上雷声阵阵，
为核试验修正着"罗盘"。
有多少战友在核试验中终生致残……
但是我们无怨无悔，
这就是我们这一代人选择的无私奉献。

至今难忘啊！
大漠的风是多么的狂，
孔雀河的水是多么的咸；
彭加木在这里失踪，
可知道这里隐藏着多少危险。
整个营区曾被洪水围困，
沙尘暴过后，
所有的帐篷都是底儿朝天……
你若要了解"死亡之海"的性格，
要想知道罗布泊的酷热极寒，
只有亲自来到这里，
才能真正看到它的凶险……

原子弹、氢弹、中子弹，
高空、地下、地面，
我们的生命在核试验中燃烧，

我们的心灵在巨响中升华、历练……
那一刻，
你化作蘑菇红花，
戴在每个英雄儿女的胸前。
那一刻，
纵然充满千难万险，
我们依然义无反顾、冲锋向前……
因为这是伟大的事业，
关系到祖国的危安！

我们不会忘记核试验成功后的喜悦，
也记着攻克的无数难关。
难忘辛格尔、阳平里、甘草泉……
每每登高遥望夕阳映照下的边关，
睡梦中依然巡逻在千里核试验场区，
白云岗前万马奔腾、军号震天……
今天啊今天，
虽已两鬓斑白，
但回首走过的路程，
戈壁大漠，终生无憾！

2017.2.20

第一章 军魂永驻

我们是核试验的勤务兵[①]

我们是核试验场上的普通一兵,

来自河南河北山西山东……

一群平凡的人,

在一个个神圣的岗位上,

奉献着对祖国的忠诚!

用平凡的劳动,

解读着生命的珍贵,

用良知和虔诚,

演绎职业的神圣!

古人云:"兵马未动,粮草先行!"

我们自豪,我们光荣,

我们是 21 所的勤务兵!

说我们平凡,

是因为:我们不会造水,

每一滴水都是上天对万物的眷顾,

大地对生命的馈赠!

在平凡的岗位上,

我们用勤劳的双手,

把清凌凌的生命之水,

向千家万户传送!

[①] 胡克仁连长通过微信发来三篇有关勤务连的文稿,让帮其修改。在修改的过程中,有所感受,故草咏之。

不管是烈日肆虐的正午，
还是烟雨朦胧的黎明，
只要你打开水龙头，
伴着山泉般飞流而下的甘露，
就有我们对你的祝福，
我们用晶莹的水花，
向——你——致——敬！

说我们平凡，
是因为：我们阻挡不了严冬，
漫天雪花，天寒地冻，
一年四季，交替运行。
我们只能把我们的热血化作暖流，
传遍红山的每一个角落，
去温暖科学家们的双手，
助力他们向科学的高峰攀登！

在核试验场上，
我们挖地窖搭帐篷，
押运物资保障供应；
漫步孔雀河畔，
深思着古楼兰昔日的繁荣……
她用远去的沧桑，
承载着历史的进程；

她用青春的蓬勃，
缔造着现代的文明！

在这里，真正懂得了什么是生命之源，
晓得了水的巨大作用。
曾经，用一盆水早洗脸，晚洗脚，
第二天，还得用它把馒头蒸！
彭加木在这里为寻找水，
献出了最宝贵的生命。
为了我国的"争气弹"早日炸响，
我们的年轻战士，
何曾畏惧过牺牲！
在古老的戈壁洒下一路凄凉，
为的是几代人对强国梦的憧憬！

好了，战友，
那苦涩的一页已经被我们翻了过去，
该记住的是五十三年前，
那个金色的黎明。
仿佛，一觉醒来，
眼前恍然若梦，
一声巨响唤醒大漠，
整个世界为此震惊！

是的，那一天，

《人民日报·号外》被抢购一空，

周总理在人民大会堂，

同全国人民一道沐浴着春风！

浪花与泪花齐飞，

歌声与笑声互动！

而就在欢乐的日子里，

一群平凡的人，

走上一个神圣的岗位，

一支年轻的连队就此诞生！

说"平凡"是因为：

我们是一群普通的男儿，

青春从此"淹没"在这红山之中！

更有来自首都北京的，

各种技术权威的职工。

说"平凡"是因为：

我们是受人民嘱托，

承国家之意志，

把巩固国防的利剑，

托举向浩瀚的长空！

在每次的核试验中，

冲锋陷阵，

与所有的参试人员，披荆斩棘，一路同行！

第一章 军魂永驻

不过，我们知道，
在天地造化与生命诉求之间，
我们的站位只是最普通的基层。
供水、供电、供暖、服务、保障，
把各个研究室的设备向核试验场区运送。
让清澈纯净的水滋润整个红山，
让所有的科研人员打开水龙头放心饮用，
正是我们的责任与使命！

这是一项苍天可鉴的良心工程，
每一项工作都将验证我们的忠诚！
五十三年了！
我们怎能忘记在生命的禁区执勤，
用花样的年华风雨兼程！
我们在风雨兼程中殚精竭虑、如履薄冰！
因为我们知道，
敬畏职业就是敬畏生命，
敬畏生命才有至爱至诚！

勤务战士，要有敏锐的眼睛，
不是神灵，却要比神灵更懂得呵护生命！
五十三年了，
流水岁月来去匆匆，

一代又一代勤务兵，
在天山深处执勤，
前赴后继、薪火传承。
变了的是青丝白发，
不变的是似水柔情！
用一颗赤子之心"巡营查哨"，
在"风动云移"中快速出动！

戈壁大漠有我们勤务连人踏勘的足迹，
狂风暴雨中有我们抢修人员奔忙的身影！
有炎夏酷暑时的挥汗如雨，
有三九严寒的卧雪爬冰……
说不苦不累——那是"矫情"，
说无怨无悔——那是心声！
保障每一条管网都日夜畅通，
犹如人体鲜活灵动的神经；
让每一滴流水都纤尘不染，
恰似冬日里雪花的洒脱晶莹。
我们用雪花般晶莹的心声，
为你祝福，向你致敬！
请所有的科研人员鉴定！

五十三年啊……
蘑菇云虽已散去，

第一章
军魂永驻

但马兰、红山、戈壁、大漠……

却永远在我们心中！

中华民族傲立于世，

怎能少了"两弹一星"的支撑？

我们自创的《勤务兵之歌》，

仍然回荡在戈壁大漠天山之中。

我们虽已解甲归田，

我们都成了两鬓斑白的老翁，

但在每一个水声如歌的地方，

我们在梦中日日坚守、夜夜"巡营"，

边关的一草一木都镌刻着我们的身影……

你看：脚下是丰姿摇曳的大地，

头顶是风云变幻的天空。

而我们的身前身后，

是五千年龙吟虎啸的长城。

嫦娥已上九天揽月，

航母已下五洋锁龙！

你说：我们这些从天山深处走出的勤务兵，

岂敢有一分的懈怠，半秒的"放纵"！

任重道远啊！我们将鞠躬尽瘁，

风雨兼程啊！我们将与祖国和人民同行！

一群平凡的人，

神圣的勤务兵!

用平凡的劳动,

解读生命的珍贵;

用良知和虔诚,

演绎职业的神圣!

请叫我们一声勤务兵,

在庆祝中国人民解放军建军90周年的时刻,

再叫一声"永不褪色的——老兵"!

刊登在《春雷》杂志2017年第3期（有删减）

以及《战斗在罗布泊的广东人》

2017.7.6

回复领导[①]

马兰红山核试兵,戈壁大漠结浓情。

惊天动地铸辉煌,隐姓埋名写人生。

风烟滚滚九十载,"八一"军旗别样红。

节日到来思马兰,无悔天山献青春。

2017.7.31

庆"八一"

峥嵘岁月九十年,听党指挥永向前。

沙场点兵多谋略,五军壮士意志坚。

深改合成新战力,中华梦想定实现。

[①] 杨军副部长从北京发来短信："酒越久越醇,水越流越清。世间沧桑越流越淡,战友情谊越久越浓。也许岁月将往事褪色,也许空间将彼此隔离,永远值得珍惜的依然是战友情谊……让我们共同怀念那段难忘的岁月,永远珍惜那身草绿色的军装。"

党、国、军旗齐飘扬,与日同辉更鲜艳。

2017.8.1

长相思

思马兰,忆马兰,戈壁大漠搞试验。青春献马兰。

说马兰,书马兰,巩固国防是我愿。未悔两鬓斑。

2017.8.2

吴兴杰同志入伍通知书

又是新兵入伍时

来了!

噢,来了!

啊……来了……

此刻,我站在边陲马兰,

伸开热情的手臂,

拥抱四海来风,

迎接远道新兵。
向来自祖国大地：
湖南湖北、四川重庆，
江苏宁夏、山西山东。
向一切献身国防的儿女，
送上最最热烈的欢迎！

相约于丰收的金秋，
相会于威武的军营。
有朋自远方来，不亦乐乎！
你看，马兰瓜果飘香，
胡杨与红柳辉映。
在这个金色的秋天，
四面八方的好儿女，
纷纷走向军营！
远航之轮，扬帆起航，
"一、二、三、四"，
军号声声！

我们以巩固国防的名义相聚，
无私、奉献，无畏、忠诚，
是我们追求的最高意境！
青春在于奉献，
奉献呵护生命。

第一章 军魂永驻

快乐滋润灵魂，

灵魂彰显激情。

为国书写真诚，

真情缔造永恒。

而神奇的军装啊，

就是我们永恒的至爱，

她让你如醉如痴，一见钟情。

从风华少年到皓首老翁，

梦绕情牵，欲罢不能！

相知相爱，相伴一生！

我们以卫国守边的名义相聚，

青春的高贵在于：

没有贫富，一律公平，

在公开的竞争中享受公平，

在公平的享受中赢取尊重。

在尊重的氛围中凝聚友谊，

在友谊的顾盼中愉悦人生！

是的，演兵场不乏激烈的竞争，

铁甲穿梭，鹰击长空，

军旗招展，炮声隆隆……

一招定成败，分秒见输赢。

跌宕起伏，一如潮起潮落，浪花汹涌，

变幻莫测，恰似好戏连台，精彩纷呈……
唯此，才有了御敌于国门之外的无穷魅力，
唯此，这世界才有了和平与安宁！

但是，我们拥有核武器，
是为了制止战争的发生。
我们放飞的是和平之鸽，
在一碧如洗的晴空，
播撒友谊，歌唱和平。
在友谊与欢乐的笑声中，
让我们心心相印，前呼后应，
让至诚至爱化作天籁，
回荡在我们真善美的心灵。

练兵场上的竞争，
让我们理解了生活中的"不争"，
练兵场上的奔逐，
让我们学会了逆境中的"从容"。
失败，教我们学会了反思，
荣誉，让我们收获了珍重……
练兵场就是人生的考场，
考验我们的智慧，
鉴定我们的真诚，
测试我们的定力，

第一章 军魂永驻

丈量我们的心胸。
练兵场又是人类文明的桥梁，
我们用真善美的竞赛，
让桥梁化作光彩夺目的彩虹。
我们站在彩虹上眺望世界，
看人类正朝着文明与正义的方向，
砥砺前行！

是的，我听到过人们的提醒，
她说：你们生龙活虎，都还年轻……
哈哈……那又怎样？
爱心永恒，
我们朝气蓬勃、充满激情！
爱到深处，
我们为祖国可以舍弃生命！
生命在于奉献，
奉献呵护万众，
快乐风帆高扬，
生命之树常青！

来吧，我亲爱的战友！
来吧，我亲爱的姐妹弟兄！
在这个金风送爽的季节，
在这个魅力四射的边关军营。

我们欢聚一堂，

为了祖国，为了人民，为了友情，

铸就新的钢铁长城。

让我们伸开双臂，热情拥抱，

执手相牵，一路同行！

你看，远洋之轮已扬帆起航，

你看，边关哨卡正人潮汹涌。

你看，练兵的大幕已经拉开，

你听，训练场上已响起嘹亮的歌声！

走！让我们迈开矫健的步伐，

走进训练场吧！

训练场上的我们，是虎，是鹰，

是展翅的彩凤，

是出水的蛟龙……

让舞动的钢枪，

展示神奇的魅力；

让精湛的武技，

张扬中国军人的激情；

让晶莹的汗水，

书写我们壮美的人生；

让青春的火花，

迸发出生命的庄严与神圣！

2017.9.13

沙漠红柳
——和"初心不变马兰人"群主邱学臣诗

不惧大漠地贫寒，独向戈壁展红颜。

核试大军纷沓至，奏响春雷动地天。

巩固国防吾辈责，青春年华献边关。

艰难困苦谈笑事，辐射污染只等闲。

而今鬓发虽斑白，为有此作心无憾。

解甲分别千万里，战友情谊永相连！

2017.10.10

马兰烈士陵园所思

披着三月的春风，

轻轻地，我来到边关大漠。

——走过松柏掩映的山岗，

看过金穗摇曳的浪波，

跨过奔腾呼啸的江河……

怀着一个后来人的虔诚，

我来寻觅那不屈的英魂，

凭吊那为国捐躯的先烈。

这是人间清明的祭礼，

这祭礼是"马踏匈奴"后的把酒放歌；

这是一个后来人的祭礼，

后来人的祭礼是热血倾洒后的深情诉说……

是军号声中冲锋在"死亡之海"的年轻士兵，
还是坐镇在"主控站"的×××？
是抛弃国外优厚待遇归国的精英，
还是刚从抗美援朝战场凯旋的英雄？
……

是英雄又何须问出处？
我敬重你的凛然正气，
我敬仰你的男儿本色！
在国难当头的时候你挺身而出，
挺起中国人不屈的脊梁，
唱响强我中华，扬我国威的战歌！

虽然，这里寸草不长、渺无人烟，
虽然，这里没有霓虹灯的景色，
虽然，那天你刚刚跨出校门，
虽然，地窝子就是你科研工作的场所……

跪拜白发老娘，你说：
"守边卫国，是孩儿职责！"
告别家乡热土，你说：
"中国会强大，强军有我！"

为了祖国的尊严，你不惧抛洒热血！

第一章
军魂永驻

为了民族大义，你甘愿赴汤蹈火；

多少风雨黎明，多少残阳黄昏，多少喋血长夜，

你拼搏着向科学高峰攀登！

彻夜不眠，以命相搏……

当耗尽最后一滴鲜血的时候，

你踉跄着扑向大地，

扑向祖国母亲的怀抱，

头枕青山，足抵江河，

把最后的依恋投向戈壁大漠……

披着三月的春风，

轻轻地，我来到马兰烈士陵园哨所。

问大地：这里长眠着多少不屈的忠魂？

问江河：有多少星辰在奔腾的浪花中沉没？

六十年[1]啊！历史不曾冷却，

即使一百年、一万年，

人心也不该淡漠，

不——该——淡——漠！

刊登在《春雷》杂志2018年第2期（有改动）

2018.1.15

---

[1] 指马兰核试验基地成立60周年。

战友情[1]

核试精英聚古城，时值初夏借东风。

分别久远鬓发白，泣泪相拥显真情。

司令政委众战友，薄酒一杯情意浓。

高歌大漠树丰碑，马兰军魂驻心中。

2018.5.8 于西安止园饭店

我们来自同一个地方[2]

今天，你来自山东、四川，

今天，你来自山西、湖南，

今天，你来自湖北、河南……

不，我们来自同一个地方——

她的名字叫红山。

在那里，我们铸就了惊天动地的事业，

在那里，我们共同把青春奉献，

在那里，我们结下了深厚的友谊，

在那里，我们有了一个共同的名字——"8023"。

几十年后，我们再次相聚，

变了的是容颜，不变的是信念。

我们不怕牺牲，无私奉献，

为国为民，虽苦心甘；

---

[1] 核试验基地研究所科技处战友西安首次聚会。晚上，到止园饭店拜访原基地司令员、总装备部后勤部部长马国惠以及研究所原政委杨雅清等。

[2] 今天从河北、河南、山西、山东等地来的21所技保营、火箭发射队、勤务连等战友相聚西安，战友们合影留念，挥毫泼墨，举杯高歌。

蹉跎岁月，无悔无怨，
为有军旅，终生无憾。

战友啊战友，
让我们共同高歌，共祝团圆！
身相依，心相连，
祝健康，情无限，
共忆大漠奋斗史，
共举酒杯谢苍天，
共书今后人生路，
共描锦绣山和川！
战友友谊耀日月，
战友情谊重如山！

2018.5.9 于西安止园饭店

庆"八一"

八一军旗格外红，军歌嘹亮响古城。
军人退伍不褪色，不忘初心子弟兵。

2018.8.1

马兰花，你给我的生命增色

——纪念核试验基地成立 60 周年

我真的已经记不起来了，
记不起我在你身边待了多长时间。

但我知道六十年前的某一天，
你不再孤单！

千军万马纷沓而至，
从此把戈壁大漠的烈火点燃！
你却安静地矗立在天山脚下，
默默地、默默地把我陪伴。

不管这戈壁大漠多么荒凉，
你给我的生命增颜，
——蓬勃的活力，生机盎然，
我在你的陪伴下送走似水流年。

没有奢望过红袖添香的浪漫，
踏进古楼兰，你就显现在我的眼前。
人们虽然把这里称作"死亡之海"，
你却把一缕幽香无声地洒在人间。

经多少风雨雷电，凭它呼啸呐喊，
见几度天低云暗，任它飞沙盘旋。
可你年复一年，
安恬娴静、淡定从容、洒脱刚健。

从不祈求有人为你梳理修剪，

每片枝叶都任性地自由舒展。
乔装打扮的就一定是美好的吗？
不！自然之美就在于美在自然！

听！春雷唤醒大地，
看！蘑菇云五彩斑斓。
你为英勇的战士献上美丽多彩的花朵，
你伴随科学家向新的高峰登攀！

谁说戈壁没有生机？
谁说大漠没有人烟？
与你厮守始知常青的不只是松柏，
柔韧弱小者亦会书写生命的尊严！

饱经风霜的六十年啊！
你赋予戈壁大漠新的内涵；
祖国挺起了不屈的脊梁，
马兰焕发了新的容颜！

我们同甘共苦、朝夕相处，
你是百万雄师中的一员！
在六十华诞到来的时候，
请接受一个老兵的祝愿！

中华腾飞指日待，

马兰花开永鲜艳；

老骥伏枥壮志在，

时刻听从党召唤！

刊登在《春雷》杂志2018年第3期（有改动）

2018.8.6

万古流芳

——悼程开甲院士

烽火狼烟，走出热血儿男，

未嫌国贫，归来奔走边关……

你的威名，岂止是在沙场鏖兵？

一个世纪啊！为了祖国，

你把整个人生奉献！

在一穷二白、内忧外患之际，

超级大国妄想

把刚刚诞生的新中国扼杀在摇篮……

我知道你的心在流血啊！

寒门子弟，纵然高官厚禄也要不忘黎民，

百战将军，纵然血染战袍亦要保卫家园；

于是，你"封金挂印"、攻坚克难，

还一介书生，披一身风尘，千里奔波，

以释家之心拯救祖国，扶危救难。

你怀着一颗赤子之心，

第一章 军魂永驻

临危受命堪大任，
戈壁大漠谱新篇！
带领着我们的科研团队，
风餐露宿，不畏艰难！
外国专家撤走算什么？
嫦娥奔月早已美名传！
今日雄狮已醒起，
有我中华好儿男！

1960年，面对重重迷雾、道道难关，
你放弃舒适的城市生活，
将你的一切与祖国紧密相连！
怀着赤子之心，
不惧"干打垒"的贫寒，
在"地窖"之内绘出核试验的蓝图，
在"死亡之海"让神州之火直冲霄汉！

你说我是中国人，
只能把"中国万岁"高喊！
子不嫌母丑，
穿着带补丁的旧军衣，
开荒、种地、养鸡……
为母亲把忧愁分担！

为使"争气弹"早日炸响,
你多少个日日夜夜无眠?
凭着简陋的设备,
向着科学的高峰登攀!
甘做后来者的人梯,
保我中华文明薪火承传。
一生为国铸神盾,
护我泱泱华夏万里江山……
艰苦奋斗,无私奉献,
你的情怀日月可鉴!
一丝不苟,精益求精,
科学精神纬地经天。

一百年过去,
有凄迷风雨,也有阳光灿烂;
"八一勋章"习总书记亲手挂在你的胸前!
程开甲院士:
我来了,以一个后来者的虔诚,
向你致敬,给你请安!
解读你灵魂的高贵圣洁,
感悟你胸怀的洪波巨澜!
咏一首小诗,缅怀你:
"两弹一星功勋奖章"获得者,

万古流芳，温暖人间！

刊登在《春雷》杂志2019年第1期（有改动）

2018.11.26

破阵子·忆勤务连战友聚会

念悠悠戈壁风，喜遥遥重相逢。青春年华献边关，须臾化作白鬓翁。光阴逝如梦。

盛世浩荡东风，九州歌舞升平。重回连队今胜昔，不忘初心永前行。难忘军旅情。

2018.12.14

难忘那一刻

请记住这一年——1964年，
这一年渐行渐远，已载入史册；
请记住这一天——10月16日，
这一天历久弥新，在心海激浪扬波！
这一天，马兰花开、多姿婀娜。
南来风从高原上悠然吹过，
北归雁在蓝天曼舞轻歌。
这一天，古楼兰祥云缭绕，
彩云彩霞彩旗伴着蘑菇云，
腾起在戈壁大漠！

是谁揭开罗布泊的神秘面纱，

在孔雀河畔将卫国的核盾牌举托？
腾空出世，光芒四射！
——宛如一颗巨星，光耀银河！
刹那间，世界为之震惊，
中国第一颗原子弹爆炸成功！
《人民日报·号外》被人们争相抢夺，
验证着以毛泽东为首的党中央的英明决策！
是啊！成功了！
中国人民再一次打破了核讹诈，
中国人民有志气、有能力，
再一次实现历史性的突破……

这支军队从战火中走来，
带着勇往直前的气势，
有着战则必胜的性格！
为祖国的腾飞插一双彩翼，
献一片深情，添一份光热！
或者说：洒一路甘露，
解除戈壁大漠的干涸；
或者说：执一把长剑，
直刺蓝天苍穹，披荆斩棘，
再造我锦绣山河！
于是，发一张"英雄帖"，
诚邀世界中华才俊，共创伟业；

第一章
军魂永驻

竖一杆"帅字旗",
呼唤四方英杰,仗剑入列!

于是,便有了马兰新城,
一支精锐之师,在春天里集结,
从黎明出发,向未来跨越!

知道这是一个怎样的选择吗?
知道:"路漫漫其修远兮,吾将上下而求索!"
知道这是一段怎样的行程吗?
知道:"风萧萧兮易水寒,雄关漫道真如铁!"
知道什么是跨越吗?
知道:用一种完美的动作,从一个高度飞身而过;
用一种激扬的姿态,展示一个民族灵魂的不屈;
彰显中华儿女生命的蓬勃!
知道什么叫突破吗?
知道:突破就是选择艰辛,突破就是超越自我。
踏过泥泞,人生自会是另一番境界,
突出重围,生命在冲撞中破茧化蝶……

激情、胆识、智慧、才华,
熔炼出无坚不摧的性格;
忠诚、理想、信念、执着,
凝聚成不屈不挠的魂魄!

因为我们选择的是一项崇高而伟大的事业，
完成使命——
就是对崇高与神圣的精神注解。
五十多年了，天山雪几度融化奔流，
马兰花几度花开花落！
马兰健儿，就是这样一路走来，
用五十年的跋涉鉴定我们的忠诚，
每一行脚印都记录着攀登科学高峰的艰苦卓绝；
用五十年的汗水成就我们的事业，
每一组数据都辉映出我们创造的卓越；
四十五次核试验，追赶超越，
同场竞技，后来居上，
我们是"铸造利剑"的佼佼者；
环球比武，异军突起，
我们在核领域毫不逊色！
剑指边关，旗映长城，兵临大漠，
我们的队伍向前进——气势磅礴！
排兵布阵，再次创新，纵深突破，
我们的智慧在闪光——灿若星河！

记住这个日子——1964年10月16日，
我们奏响"春雷"，一路攀登，一路跋涉，
在攀登与跋涉中实现了突破。

但是，请记住，成绩已经过去，

风在吹，云在飘，旗在前方呼唤，

山巍巍，水茫茫，路向远方铺设！

我们正走在新时代中国特色社会主义大道上，

乘风破浪，一路高歌！

五十年风雨铸辉煌，而今迈步从头越！

记住这个日子，就是向世人宣告：

我们将紧密地团结在以习近平同志为核心的党中央周围，

从黎明出发，向着更高的目标，

以完美的姿态，实现新的跨越突破！

跨越突破！跨越突破！

2019.5.31

大漠春雷

——为《春雷》创刊 41 周年而作

在中国，

在雄浑苍凉的戈壁滩。

一座古老的城池，

承载着五千年的历史烽烟。

流年似水，车马声咽，

渐行渐远的是，

古楼兰的盛衰变迁。

飞沙走石，断壁残垣，

留给历史的是，

缺页断句的零碎片段。
让后人一头雾水，
令史家辗转难眠……

在中国，
在丝绸之路的咽喉节点。
一份新型的杂志——《春雷》，
记录下四十一年的巨变。
流年似水，车马声喧，
贫瘠与荒凉已渐行渐远！
鹰击长空，凤鸣天山，
掀开这一页页崭新的杂志，
听的是声声惊雷，
看的是张张笑脸；
使人热血沸腾，
叫人策马扬鞭……

这杂志属于这座城池，
这城池就是马兰！

一份杂志，很轻，
一阵风来，便会在空中打旋；
一份杂志，很重，
一语既出，便会让天下哗然！

或者万人起舞,
或者七彩画卷……

所谓传媒,
就是一座接通心灵的桥梁,
让陌生的不再陌生,
让遥远的不再遥远。
此岸到彼岸、只需,
一个眼神或是,
一声轻唤……

一本杂志就是一座城市的喉舌,
她会以城市的名义,
说长道短。
她有一双从不打盹的眼睛,
无论黎明还是夜晚,
都会用那双眼睛,
去巡视、去观察、去回忆、去判断,
这座城市的花开花落、
月缺月圆……
她有一双不知疲倦的脚板,
不管是酷暑还是严寒,
都会四处奔波,
去寻访、去倾听、去记录、去发现,

这座城市跳动的脉搏，

泪水，或者血汗……

其实她是牢记使命，

使命就是，

不忘初心，听党指挥，

为人民服务牢记心间！

炽热的情怀，冷静的思辨！

因为她知道：

真实，真理，

是人类永久的渴望与期盼；

公平，公正，

是社会擎天立地的标杆！

为英雄讴歌，让敌人胆寒；

为天地立言，不能给历史留下谜团；

为科研突破，不能让后人承接遗憾；

为文明开道，不能让先贤掩面无言！

"她"——是谁？

其实，"她"就在我们中间。

烟雨黎明中与你同行，

灯火阑珊处与你并肩。

她用一支笔或一个键盘、

一部相机或一组画面，

第一章
军魂永驻

品味昨天，写真今天，设计明天。

一九七八年创刊，
四十一年了，
岁月轮回，沧海桑田，
一个又一个的"她"和"她们"，
就这样一路走来，
风雨兼程啊，披肝沥胆！
韶华易逝啊，风云变幻！
让一本杂志，
走进千家万户，
用一腔赤子情怀，
唤醒马兰，温暖马兰，扮靓马兰！
牢记使命哟，
让马兰健儿个个点赞！
永葆本色哟，
引无数退伍将士流连忘返……

这是一卷辉煌的奋斗史，
留下的是铮铮真言，灿灿画卷。
戈壁大漠上这条
五千年古老的丝绸之路，
再也不会，
让后人一头雾水，

令史家辗转难眠！

在中国，

在雄浑苍茫的西部，

请打开这本飘溢着墨香的《春雷》，

写上百万读者的心声，

几届编辑的宣言：

把辉煌留给昨天吧！

让我们紧密团结在，

以习近平同志为核心的党中央周围，

从今天出发，

迎八面来风，

走——向——更加辉煌的明天！

2019.7.12

戈壁大漠守护者
——向新中国成立 70 周年献礼

这里——曾经马驮牛拉，步履维艰，

这里——曾经有过繁华，中途搁浅。

一条崎岖的丝绸之路，

在历史的风帘雨幕下，

喘息着、挣扎着，

用苍凉与浩茫，

嗟叹着五千年戈壁荒漠的变迁。

第一章
军魂永驻

六十年前——

对，就是在新中国成立不久的第十年！

这一页沉重的历史，

终于被我们在艰难的西域探寻中，

轻——轻——翻过。

千军万马，开进了这渺无人烟的罗布泊，

以他坦荡与亮丽的风采，

向世界展示着刚刚诞生的新中国的文明与尊严！

这里北望天山博格达峰，南倚阿尔金山，

让天然屏障展现；

这里东为土山丘陵，西为沙漠戈壁，

让罗布泊浩瀚无边！

十万平方公里的戈壁大漠，

让青春的烈火在此点燃！

这就是中国唯一的核试验基地，

蘑菇红云在这里直冲霄汉！

而我们，这些平凡的年轻战士，

从那天起就与这戈壁大漠，

结下了不解之缘，

铸就炽热的信念！

就像一滴滴水珠儿，汇入大海，

就要托起远航的征帆！

因为，我们读懂了它，
读懂了它的使命，
读懂了它的尊严；
读懂了它承载的重任，
也读懂了它的今天与明天……
是它，终结了古道西风瘦马的苍凉，
是它，成就了春雷巨响的千载祈愿！
把它所有的尊严与使命浓缩成两个字，
那就是——使命。
——让钢铁长城在蘑菇云下尽显神威，
——让中华儿女在春雷声中挺起腰杆！
其实，这也正是国家的意志，
其实，这也正是先贤们的梦想，
其实，这也正是人类文明的宣言！
读懂了这一切，
也就理解了我们的使命，
平凡的岗位，责任重如泰山！
十多万平方公里的土地上，
我们在坚守！
从昨天、今天、明天，
——直到永远！

啊！六十年啊！
……风霜雨雪、酷暑严寒，

第一章
军魂永驻

千百万马兰人，

凝成一个坚强的团队，

恪守一个执着的信念；

勇攀科学高峰，

牢固守护祖国的尊严！

一道道险峰难关，

对于我们，

每天都是一场严峻的考验！

而我们，每一分钟的工作，

都是在书写，

呈交给祖国和人民的考试答卷！

每个守护者都是执笔者，

一个标点也不许潦草敷衍！

因为，人民在看着我们，

历史，将会作出公正的评判！

这里，曾经是"死亡之海"，

这里，曾经是风沙弥漫；

这里，曾经惊天动地，

这里，曾经雷鸣电闪！

看——谁在狂风暴雨中奔走？

听——谁在冷月夜色中呐喊？

滚烫的汗珠儿——

在晶莹的冰雪上洒落；

殷红的鲜血、一滴一滴，

将混浊的泥沙浸染……

啊！这就是我们马兰人。

为了祖国的平安，

呕心沥血、披肝沥胆！

用忠诚与无畏，向祖国和人民，

呈上一份优异的答卷！

——甚至有人献出了宝贵的生命……

用生命谱写出，

凄美而壮丽的诗篇！

是的，我们是戈壁大漠的守护者，

用忠诚的守望，

兑现我们的誓言！

如今，虽然停止了核试验，

但是，仍有许多新的科学高峰，

等待着我们一代代马兰人，

不忘初心、牢记使命，

前赴后继，继续登攀！

马兰的明天，定会更加辉煌灿烂！

"路漫漫其修远兮，吾将上下而求索！"

战友们：那就让我们，

张开青春的臂膀，

拥抱明天的马兰；

用我们的青春激情，

为她守望，

为她奉献！

——为她书写更加酣畅淋漓而壮美的诗篇！

刊登在《春雷》杂志 2019 年第 4 期（有删减）

2019.9.28

美人桥旁勤务连

美人桥旁勤务连，默默无闻为科研。

看似普通一块砖，哪里需要哪里搬。

宏伟大业献青春，神圣使命勇承担。

横空出世鸣春雷，惊天动地忆红山。

2020.4.18

忆勤务连

勤务老兵气轩昂，百般手艺样样强。

浑身是胆雄赳赳，甘洒热血保边疆。

个个都是好男儿，处处书写新篇章。

水电暖粮记心间，核试场上献力量。

2020.6.2

长相思

——纪念我国第一颗氢弹爆炸成功 53 周年

春雷鸣，人共鸣，浩瀚寰宇举世惊，楼兰双日升①。

马兰兵，核试兵，不忘初心勇担当。为国赤胆诚！

2020.6.17

马 兰

天空，被你照艳；大地，被你点燃。

啊！马兰，马兰，戈壁大漠的一堆火焰。

晨来一场大雾，是你喷吐的浓烟，

晚出满天繁星，是你迸射的火点。

这里有多少科研老将，迸发着青春的烈焰；

这里有多少新战友，奋发攀登努力攻关！

为了国防核试验，甘愿扎根戈壁滩，

条件差算什么？苦难险只等闲。

正因为这样啊！马兰啊马兰，

你才这样鲜艳，才从这里飞出捷报片片。

---

① 指我国第一颗氢弹试验，火球、太阳同时出现在西北大漠的天空，留下了世界上独一无二的景观。

马兰，马兰，我是一块矿石，

怎能不喜欢在这里熔炼？

因为你的一草一木都是鲜美的啊！

能练就我赤诚的肝胆！

2020.6.18

思 念

我站在秦岭的制高点，

凝视着西北的蓝天。

远方有一座古城叫楼兰，

历经沧桑，几经变迁；

天山脚下诞生一座新城，

那是我心中的思念！

伴随着共和国的诞生，

马兰花才开得如此灿烂！

一代代马兰人，

创造着惊天动地的事业；

一代代马兰人，

为了祖国无怨无悔、无私奉献！

孔雀河畔有我们的足迹，

罗布泊储藏着我们生活的片段。

难忘戈壁大漠曾迷路，

难忘北山深处掀巨浪。

想当年，梦绕魂牵戈壁滩，

祖国长城铁壁坚。

刊登在 2020 年 7 月 14 日《甘肃日报》第 11 版

2020.6.19

马兰留影

摄影师快来呀！请给我们留个影。
头顶是艳丽的彩虹，身后是巍峨的雪峰！

要照下这马兰花儿朵朵，还有那雪山流水清清；
要拍下这戈壁的奇石异草，
要表现出我们与马兰花是亲密无间的姐妹弟兄……

一瞬间，山山水水齐往镜前涌。
马兰啊！你胜过西湖与洞庭！
红柳摇枝拂我肩，马兰花抚衣醉我胸。

摄进戈壁千万里，留下我们一片情，
要问为何微微笑，蘑菇红云情意浓！

2020.6.19

战友情[1]

四面八方一家亲，五湖四海马兰人。

---

[1] 1981 年入伍的技保营刘凤华战友转业衡水，患癌早逝。8 月 12 日，刘凤华爱人魏丽因经济困难求助。短短三天，已有 248 人伸出了援助之手，共计捐赠 62500 元。

第一章 军魂永驻

一方有难八方援,一心助难不染尘。

2020.8.14

戈壁红柳

红柳啊红柳!你是我终生的边关情,

你是我青春最真的梦,你是我藏在心中的诗,

今天咏出给你听。戈壁大漠一片红,

那是戈壁依恋的风,那是马兰醉人的红;

那是你含情脉脉的心,红红火火招人疼。

久别的楼兰边疆的月,难忘的红山红柳红。

你把太阳的色彩,浓缩成战士的情;

你把燃烧的岁月,融化在我心中;

你陪伴我们战风斗沙,把蘑菇红云托向高空。

啊!红柳啊!那直冲云霄的蘑菇红云,

正是我们年轻战士喷薄而出的激情!

2020.8.30

纪念我国第一颗原子弹爆炸成功 56 周年

一

难忘五十六年前,戈壁大漠烈火燃。

世界惊叹雄狮醒,中华书写强国篇。

吾辈青春献边关,甘洒热血铸利剑。

隐姓埋名算什么,蘑菇红云冲云天。

2020.10.16

二

五十六年多云风，难阻戈壁春雷声。
无悔青春献大漠，蘑菇云下军旗红。
甘洒热血谱新篇，中华腾飞世界惊。
常思罗布泊中事，舍生忘死铸长缨。

2020.10.17

战友情深[①]

久别重逢酒飘香，难忘并肩守边疆。
奋战大漠青春短，铸剑壮志雄心长。
不忘初心党性在，两鬓斑白又何妨。
老骥伏枥志千里，灿烂辉煌醉夕阳。

2020.12.12

附：李德江战友和诗《酒醇墨香》
有志青年别故乡，大漠铸剑固国防。
花甲岁月添雅兴，著书立说飘墨香。

浪淘沙·忆

昔日戈壁滩，核弹试验。万里西域保密严。春雷轰鸣惊世界，成功圆满。

解甲离红山，古都再战。电勘院中阔步前。牢记使命与初心，终生无憾。

2020.12.14

[①] 今天与王来友夫妇、十余名战友共聚西安广成大酒店。

第一章　军魂永驻

忆

难忘一九七六年，投笔从戎出西关。
翻越天山踏戈壁，红山脚下扎营盘。
一腔热血固国防，双手挥洒铸核弹。
而今鬓斑心不改，无悔韶华献马兰。

2020.12.19

浪淘沙·戈壁情

西域正当年，青春烂漫。往事似水多缠绵。朵朵彩云染天边，大漠孤烟。

沙海伴流年，蘑菇云天。红柳辉映星满天。地窖营盘灯火眠，有苦也甜。

2020.12.20

西江月·马兰情

闲望天山积雪，偶听戈壁雷鸣。孔雀河畔月朦胧，马兰花开香浓。
红山试前演练，大漠跃马冲锋。马兰村外起彩虹，舞得风起云涌。

2020.12.25

特殊日子战友会

——纪念毛泽东主席 127 周年诞辰

人民救星毛泽东，建党建国求解放。
特殊日子战友会，同忆戈壁战风霜。
爬冰卧雪不言苦，伟人山[①]下创辉煌。

[①] 我国核试验场区辛格尔有一座山，远望酷似伟人毛泽东，故得名，曾是北山平洞核试验场。

不忘初心承遗志，为民服务担肩上。

2020.12.26

红山美人桥

美人桥下水长流，勤务连队立桥头。
天山雪水济贫地，滋润军营乐不休。
莫道深山无人至，隐姓埋名铸吴钩。
生命禁区鸣惊雷，巨龙腾飞冲霄九。

2021.1.16

如梦令·忆边关

内地戈壁边关，马兰红山天山。绿与黄穿越，马兰花开烂漫。思念！思念！青春铸就利剑。

2021.1.17

忆红山

天山之中一营盘，举目环视四面山。
满目荒凉红褐色，雪水融化流潺潺。
为铸核盾离闹市，斗沙战风为科研。
忙忙碌碌搞核试，来来往往勇攻关。

2021.1.18

如梦令·忆

红花黄花蓝花，蓝天白云彩霞。一曲马兰谣，多少酸甜苦辣？无悔！无悔！青春热血倾洒。

2021.1.19

第一章 军魂永驻

如梦令·思

柳丝粉丝金丝,引起无限情丝。难忘边关月,此意谁人可知?应知!应知!大漠惊雷故事。

2021.1.22

忆

投笔从戎守边关,食沙饮雪戈壁滩。
"死亡之海"铸核盾,天山峡谷搞科研。
如今两鬓虽斑白,无悔青春献马兰。
梦中常忆军中事,终生难忘是马兰。

2021.1.26

忆重回马兰

满目残垣乱草棚,美人桥头觅遗踪。
惊飞雀鸟孤声去,留下几多战友情。

2021.1.27

一剪梅·忆

十载楼兰献青春,铸剑磨砺,默默无闻。战风斗沙"死亡海",壮志犹存,马兰精神。

解甲未忘逐梦身,永葆本色,几度风云。古都奋战二十春,不忘初心,彰显军魂。

2021.1.31

思 念

再忆孔雀河,心系罗布泊。

霜浸帐篷冷，沙袭食饭锅。

铸盾无眠日，谱写春雷歌。

长城铁壁坚，青春红似火。

2021.2.1

行香子·忆军旅

攻坚克难，马兰红山。"死亡之海"燃烈焰。孔雀河畔，铸我神剑。青春志壮，壮志坚，坚志欢。

献身边关，戈壁云烟。罗布泊中搞试验。食沙饮雪，以苦为甜。蘑菇云涌，涌云志，志云巅。

2021.2.3

忆

难忘青春献边疆，楼兰戈壁在梦乡。

热血无私洒天山，汗水有幸浇胡杨。

丰碑英烈耀大漠，核弹烟云染戎装。

军旅生涯润笔墨，老兵把酒咏华章。

2021.2.17

寻 春

踏冰踩雪寻春光，蜡梅斗艳扑鼻香。

当思边关马兰花，戈壁大漠春雷响。

2021.2.22

寿阳曲·雪雨思

冬虽暮，雨伴舞。半雪半雨润黄土。遥望天山边关处，当年大漠种"蘑菇"①。

2021.2.26

咏 牛

甘做孺子一平生,终生为民信念诚。
无私奉献守边关,不辱使命献春青。
拓荒戈壁无怨言,攻坚克难攀高峰。
爬冰卧雪无所惧,舍生忘死春雷鸣。
老兵退伍不褪色,老牛拉车砥砺行。
吃苦耐劳终不悔,艰苦奋斗永继承。
不忘初心担使命,"三牛"②精神伴终生。
迈步走向新时代,共圆强国中华梦。

2021.3.2

忆伟人山

戈壁大漠耸北山,远望巍峨多灿烂。
历经冰雪鸣惊雷,叱咤风云动地天。
大地造化多神奇,伟人笑观核试验。
俯瞰神州巨龙起,指点祖国山和川。

2021.3.4

浪淘沙·大漠情缘

天山作营盘,精心钻研。藏龙卧虎铸利剑。惊雷声声震九天。大漠孤烟。

---

① 指核试验。
② 指孺子牛、拓荒牛、老黄牛。

大漠戈壁滩，蘑菇云天。沙场点兵群星灿。捷报片片凯歌还。思念永远。

2021.3.7

忆马兰

天山雪水润红柳，孔雀河畔扎营盘。
甘草泉边望明月，黄羊沟①里书新篇。
罗布泊中升烈日，打破苏美核垄断。
锻造神剑固国防，纵马南山对月眠。

2021.3.10

忆楼兰

红柳随风艳，孔雀河水寒。
胡杨爱贫地，黄羊沟里欢。
地窖战旗红，戈壁扎营盘。
春雷震天响，梦中忆楼兰。

2021.3.11

天山脚下勤务兵

你扎根在天山脚下，
草绿军装是那样的耀眼。
美人桥头是你的军营，
桥下雪水清澈甘甜；
胡杨红柳随风为你欢歌，
马兰花默默与你相伴！

---

① 黄羊沟：核试验场中的一处地名。

你犹如雄鹰飞翔在戈壁深处，
巡视着大地，保障着安全。
你映照着大漠上空翻卷的云，
闪烁出无悔的青春和奉献！

你扎根在天山脚下，
五星是那样的耀眼。
戈壁大漠是你的战场，
以苦为荣，无悔无怨。
骆驼刺为你摇旗呐喊，
天山雪水欢快流进你的心田。
你化作涓涓清泉滋润着干涸的荒原。
为了"争气弹"[①]不惧艰险，
你展现出无私无畏，
浇灌出蘑菇红花无比灿烂！

2021.3.13

渔家傲·部队生活

五湖四海到一起，冰天雪地习武艺。默默奉献天山里。好男儿，誓与天公比高低。

千里大漠显身手，九天揽月鸣惊雷，巩固国防创奇迹。离军营，永葆本色满生机。

2021.3.18

[①] 1964年，在没有外援的情况下，我国成功爆炸了第一颗原子弹，标志着我国成为世界上能够制造和拥有核武器的国家之一。

看望英雄母亲和因公致残战友[1]

驱车千里看英娘，当年送子保边疆。

美人桥旁习武艺，英雄献身化爆场。

白发苍苍英姿在，为国养育好儿郎。

老兵祝福永长寿，享受祖国好时光。

2021.5.2 于徐州

终生难忘战友情

一、闻喜

秦晋之好山水连，同食戈壁沙粒饭。

今日相聚双喜门[2]，举杯共饮思马兰。

二、焦作

战友相邀聚焦作，更有寿星[3]把酒歌。

千杯畅饮不知醉，万言回忆罗布泊。

三、开封

开封府中看首长[4]，同忆军旅保边疆。

未悔两鬓今斑白，曾为祖国铸辉煌。

四、徐州

曾住美人桥头旁，佳节徐州聚一堂。

但愿诸君常安好，笑迎夕阳保安康。

五、连云港

唐僧取经不怕难，老兵携手齐登攀。

---

[1] "五一"假期，我与张栓怀等战友赴徐州看望了为核试验事业而献身的烈士张孝林的母亲，一并看望了因公致残的战友曹广成。

[2] 双喜门：山西"闻喜世界"被载入吉尼斯世界纪录的双喜门。

[3] 寿星：战友张耀民的96岁母亲。

[4] 首长：核试验基地研究所勤务连原指导员、研究所管理处原政委徐向南。

花果山下再相聚,岁月留痕铁骨坚。
六、灌云
伊甸园中喜相逢,同忆大漠建奇功。
相聚方知离别久,回首笑谈边关情。
七、东海
莫说东海有龙王,藏龙卧虎在边疆。
观今影像经风雨,忆昔戎装染冰霜。

2021.5.11

附:胡克仁战友和诗
照片美人情浓,战友之间互动。
心情友情常交流,终生难忘战友情。

附:林余彬战友和诗
浓浓老兵谊,缘自戈壁情。
美人桥畔聚,铸剑华夏雄。

附:马宝利战友和诗
美女、美画、美景,忆军营谊。
同回当年战斗,辉煌祖国。

附:兰俊忠战友和诗
战友情,一辈子的情,难得。
怀念红山,军旅情。
强国强军我添彩,大漠楼兰春雷鸣。
吾辈无悔青春献,更喜时代新篇章。

附：李德江战友和诗

周游列国八九天，战友相聚绽笑颜。

热血青春献大漠，情满酒杯话当年。

忆红山

五湖四海聚红山，美人桥旁勤务连。

青春年华谱新章，托举蘑云冲九天。

2021.7.12

一剪梅·马兰人

几代楼兰铸剑人，惊雷震天，神火军魂。难忘大漠献青春，壮志犹存，马兰精神。

解甲依然逐梦身，永葆本色，亦战风云。古都奋战二十春，使命担当，未忘初心。

2021.7.13

戈壁情

默默无闻伟业留，不鸣惊雷誓不休。

青春年华献大漠，"死亡之海"[①]书春秋。

2021.7.14

忆核试验

戈壁大漠金光闪，蘑菇红云升九天。

雷霆千钧惊世界，天升"二日"[②]照河山。

[①] 指核试验场罗布泊。

[②] 我国氢弹试验，火球与太阳同时出现在天空，在世界上留下了唯一的"二日"同框照片。

痛击霸权需重器，捍卫和平挽狂澜。
中华傲立世东方，神州大地笑开颜。

2021.7.15

情系核试验

罗布泊中苦奋斗，孔雀河畔写春秋。
青春筑起强军梦，中华从此昂起头。

2021.7.16

忆

青春报国名不留，大漠铸剑刺霄九。
强军固边洒热血，和平旗帜扬寰球。

2021.7.19 中雨

难忘军旅

天山脚下马兰人，戈壁大漠铸军魂。
舍生忘死存浩气，惊天动地泣鬼神。

2021.7.20

浣溪沙·志

坎坷人生多霜寒，保家卫国守边关。爬冰卧雪意志坚。
读书学贤志高远，逆水行舟只等闲。破除千难渡万险。

2021.7.20

红山情

五湖四海聚红山，千锤百炼铸神剑。

自力更生创伟业，赶超美苏只等闲。

2021.7.21

迎"八一"

当年从军边关行，戈壁大漠越秋冬。
天山脚下扎营盘，铸剑鸣雷天地惊。
孔雀河畔创伟业，楼兰故城建奇功。
亲手种出蘑菇花，中华儿女展雄风。

2012.7.23 小雨

一剪梅·忆战风斗雪[①]

无情西风卷长空，吹雪唤冰，弥漫苍穹。化爆试验火正浓，军旗赤红，战鼓声隆。

线断电停愁更浓，车陷雪坑，临危受命。刀山火海亦敢冲，按时抢通，护航小兵。

2021.7.27

忆

地窖之中搞科研，攻坚克难书新篇。
戈壁奏响春雷曲，惊破"两霸"[②]魍魉胆。

2021.7.28

[①] 1980年冬，红山遇到大暴雪，放化楼至化爆场的供电线路因冰雪霜冻被压断，严重影响试验工作。我们电工班前往抢修。面对极端天气，我们没有一个人退缩。
[②] "两霸"指20世纪70年代的苏联和美国。

第一章
军魂永驻

纪念我国暂停核试验 25 周年[①]

偃旗息鼓廿五年，难忘青春献边关。
春雷声声动大地，利剑隆隆升九天。
地动山摇震霸主，上天入海平波澜。
敢将大漠铸烈日，壮士常笑日月间。

2021.7.29

迎"八一"

青丝虽变白发翁，未忘天山战雪峰。
心系大漠蘑菇云，铸剑开路当先锋。
戈壁硝烟虽散去，难忘战友著丰功。
雪域高原埋忠骨，换来祖国得安宁。

2012.7.30

"八一"所思

投笔从戎西北行，天山脚下是军营。
军歌伴着春雷唱，蘑菇云下展雄风。
大漠戈壁任行走，食沙饮霜自从容。
四十四载情难了，我是人民子弟兵。

2021.7.31

"八一"感怀

当年出阳关，从戎戈壁滩。
红山持刀枪，大漠扎营盘。

[①] 1996 年 7 月 29 日 9 时 50 分，我国成功进行了最后一次核试验。当天，我国政府向世界庄严宣告，自 1996 年 7 月 30 日起暂停核试验。

铸剑罗布泊，勇攀昆仑山。①
未悔青春去，春雷响耳边。

2021.8.1

庆祝建军 94 周年

枪声划破南昌城，井冈会师战旗红。
勇士奋夺泸定桥，雪山草地绘彩虹。
延安伟人挥巨手，百万雄师破浪行。
中华从此站立起，军魂铸就国繁荣。

2021.8.2

"八一"感怀

弹指别疆二十年，常忆大漠铸利剑。
难忘红柳伴霜雪，地窖之中对月眠。

2021.8.3

魂系"八一"

少年志高远，从戎守边关。
大漠战风沙，楼兰铸利剑。
惊天动地事，默默青春献。
今日鬓斑白，终生却无憾。

2021.8.4

梦系戈壁

终生难忘是军营，戈壁大漠蘑云升。

---
① 寓意攀登科学高峰。

痛击霸权撼全球，革命战士永年轻。
而今双鬓虽斑白，耳边仍有春雷鸣。
四十五年不忘本，为党为国担使命。

2021.8.6

"八一"感怀

南昌枪声裂长空，指引工农井冈行。
二万五千到延安，抗日灭蒋举日升。
中华从此站立起，改天换地谋大同。
全面脱贫惊世界，巨龙腾飞力无穷。

2021.8.8

忆红山

五湖四海聚红山，戈壁大漠扎营盘。
摸爬滚打不怕苦，只为蘑云腾九天。

2021.8.10

勤务连

美人桥畔扎营盘，善打敢拼勤务连。
青春年华谱乐章，天山雪水沥肝胆。

2021.8.12

忆马兰

四面八方聚马兰，千呼万唤同心干。
反击霸权铸神盾，蘑菇红花格外艳。

2021.8.14

梦系戈壁滩

戈壁惊雷声声远，青春黑发鬓鬓斑。
几度秋冬攀高峰，几多儿女铸利剑。
地动山摇传捷报，石破天惊凯歌还。
春雷巨响今犹在，梦魂常回戈壁滩。

2021.8.15

情系蘑菇云

青春筑梦戈壁滩，千军万马聚马兰。
军歌声声春雷鸣，战旗飘飘映蓝天。
"两弹"巨响震寰宇，将士热血铸利剑。
守边儿女齐努力，中华长城铁壁坚。

2021.8.20

忆大漠

戈壁大漠鸣惊雷，惊天动地万物摧。
明知危险无畏惧，为强中华树丰碑。

2021.8.24

梦系核试验

山摇地动风雨骤，放射尘埃何所惧。
精兵披甲入魔阵，儒将苦心布胜局。
大漠奋战皆忘我，戈壁滩上烈火举。
抗击霸权鸣惊雷，泪水化作倾盆雨。

2021.9.23 雨天

第一章 军魂永驻

忆军旅

一

四十五载一瞬间，青丝白发泪潸然。
青春热血戈壁洒，铸就利剑入云端。
爬冰卧雪守边关，冲锋陷阵战楼兰。
孔雀河畔腾烈日，"死亡之海"扎营盘。

2021.9.24 中雨

二

强国壮军铸利剑，科技高峰勇登攀。
敢与魔霸争高低，青春年华燃烈焰。

2021.9.28

忆

军营驻扎红山中，天山雪水纯又清。
大漠奋战忘生死，无愧人民子弟兵。

2021.11.2

战友情[1]

谈笑风生共举杯，同忆大漠鸣惊雷。
虽说年过花甲子，无悔青春献戈壁。
战友巨著乘风至，峥嵘岁月藏书里。
坐看红山风云灿，回望马兰花艳丽。

2021.11.20

---

[1] 今天与邢建利、张栓怀、何随章、景四双等战友共忆当年。继王清涛战友寄来《马兰记忆》后，今天又收到郭玉明战友寄来的《战斗在罗布泊的广东人》。故记之。

和孟凡号《再进红山》[①]及彭继超《红山雪思》

又见红山
又见白雪染红山，难忘青春献边关。
中华儿女多壮志，"死亡之海"铸利剑。
红山雪思
银装素裹红山秀，难忘大漠竞风流。
而今鬓斑霜雪染，无悔青春边关留。

2021.12.2

附：孟凡号《再进红山》

一

雪卷兽皆藏，天寒野地苍。
千山飞鸟绝，万壑草凌霜。

二

飘飘洒洒漫天山，素裹银装草木坚。
待到冰雪融大漠，春雷滚滚震楼兰。

附：彭继超《红山雪思》
年少从军不识愁，高歌一路竞风流。
青丝转眼化霜雪，我与天公共白头。

---

① 孟凡号战友在朋友圈发了一组红山的雪景照片，并赋诗二首。

第二章 赤子情怀

　　赤子情怀，是一个人对国家和人民所表现出来的深情大爱，是对国家富强、人民幸福所展现出来的理想追求，是对国家的一种高度认同感、责任感和使命感。"修身、齐家、治国、平天下"。古往今来，这种高尚情怀极大地鼓舞士气、凝聚力量、振奋精神，既利国利民又利人利己。

　　赤子情怀从来都不只是摄人心魄的文学书写，更近乎你我内心之处的精神归属。那种与国家、民族命运休戚与共的壮怀，那种以百姓之心为心、以天下为己任的使命感，就来自那个叫作"家"的人生开始的地方。

战友杨寅义题字

古都抒怀

秦岭如屏,八水环绕,长安自古安康。

歌舞升平,鸟语花香,何忆周秦汉唐?

登大、小雁塔,听晨钟暮鼓,余音悠长。

高楼林立,满目春光,放眼量,

城北新市初显,更世园增添,万里风光。

曲江夜色,大唐景象,高新亦把歌唱。

盛年多兴事,又航天新城,供君品赏。

巨龙"天宫"飞腾,"神舟"再创辉煌!

2011.11.18

清平乐·赠学友

又是一年,回首几茫然。眼前岁月匆匆去,留下平平凡凡。

世事纷繁错落,难言孰对孰错。龙春风声已近,唯愿君安康乐。

2012.1.6

瑞雪兆丰年

龙年龙春龙精神,龙子龙女龙传人。

龙飞龙舞听龙吟,龙灵龙威中华魂。

2012.1.21

元　旦

弹指倏忽又一年,总把旧貌换新颜。

炮仗声声送问候,华灯盏盏似星繁。

思乡顿觉肠内热，闹市未知心头暖。

何日围炉一壶酒？聊补父母养育难。

2013.1.1

腊月二十三

"小年"相聚话短长，同忆天山战风霜。

无须上天言好事①，已将青春献边疆。

为使"春雷"震寰宇，纵使两鬓染白霜。

愿我中华永昌盛，苍天为民降吉祥。

2013.2.3

春 节

金龙踏春回宫去，银蛇乘风出洞来。

神州大地万象新，华夏满园更多彩。

2013.2.10

蛇 年

开心银蛇兴春潮，天降瑞雪丰年兆。

鱼跃龙门显辉煌，猛蛇过江逐浪高。

四海蛇宫皆宝藏，五洲灵蛇镇魔妖。

蛇行亿年天地间，蛇飞凤舞乐逍遥。

2013.2.18

---

① 因腊月二十三是祭灶之日，相传送灶王爷上天"述职"，烧纸时要默念"上天言好事，回宫降吉祥"，故有此句。

第二章 赤子情怀

迎春花

破土重振当年风，纤身亦敢兴春红。

知恩未惧环境恶，绽放喜迎春雷声。

2013.3.6

庆"两会"①

春暖花开三月天，"两会"召开绘新篇。

新届政府精神爽，奋斗目标更灿烂。

机构改革惊世界，承前启后民企盼。

各方代表聚一堂，"中国之梦"宏图展。

持续发展再翻番，民族复兴国永安。

2013.3.18

荷花塘

时过立秋荷花艳，少女观赏驻景间。

姹紫嫣红多芳菲，出于污泥而不染。

雍容华贵鱼蝶戏，画工影师难尽欢。

游人如织兴致浓，欲击清波问因缘。

2013.8.8

贺"嫦娥三号"成功登月②

千年梦想今实现，嫦娥奔月舞翩跹。

---

① 政协第十二届全国委员会第一次会议和第十二届全国人民代表大会第一次会议，分别于3月3日和3月5日在北京开幕，会期12天。
② "嫦娥三号"今天抵达月球，"玉兔车"成功与"嫦娥三号"进行互拍，并将照片传回地面。故记之。

玉兔探秘寒宫事，吴刚祝酒在人间。

仙女载歌俯神州，玉帝乘兴醉云端。

寰宇同骄华夏女，壮志凌云意志坚。

2013.12.14

吾 家

人云家和万事兴，吾言勤劳事终成。

三生修得今日福，一世知足显奇功。

尽孝不惧千般苦，为贤永书四季风。

尊老爱幼中华德，吴氏祖训记心中。

2014.5.6

一剪梅·故乡人[①]

弟带父母治顽疾，孝心浓浓，情意浓浓。弟媳伴扶更动情，谈笑融融，其乐融融。

千里寻医不辞劳，来也匆匆，回也匆匆。但愿药到病根除，病源清清，心情清清。

2014.5.15

自 题

离家守边戈壁滩，挥洒青春雪域间。

终生为民跟党走，解甲古都未有憾。

虽说道路多坎坷，一样奋进创新天。

---

① 老家王振龙带其父母来西安看病。

祖国处处用武地，书写章章新诗篇。

2014.5.23

小 偷[①]

好吃懒做令人呕，有用无用尽偷走。

衣冠楚楚貌似人，祸害社会众人仇。

伤天害理却尽兴，似鼠如蟑罪恶稠。

何日除尽此败类，和谐阳光照千秋。

2014.5.24

送蔡菲菲到周至电力公司培训

求职市场多难关，能有工作已无憾。

而今踏上人生路，要知遥途多风寒。

坎坎坷坷寻常事，曲曲折折莫抱怨。

认认真真干事业，冷冷静静观世间。

2014.5.27

"六一"示小儿

时间流逝似飞船，学海畅游惜时间。

只有今日多勤奋，来年才能负重担。

古人萤灯锥刺股，尔等惜时莫偷懒。

功到自然笔生花，要知柔水可石穿。

2014.6.1

---

① 得知鲁国旗战友的钱包连同身份证、驾驶证以及银行卡等被盗，他不得不忙于挂失、补办。故有此作。

端午节

粽子香包艾叶青,屈原《离骚》唤人醒。
龙舟竞赛击千浪,且看"六一"亿万童。

2014.6.2

昆仑物业

老身敬业当老板,职工生活记心间。
依法照章干事业,"五险一金"党工团。
共同富裕奔小康,为国分忧责勇担,
解决就业帮扶贫,服务思想要当先。

2014.6.3

喜获商子雍题字有感[①]

文坛艺海常光临,古稀挥毫仍精神。
百忙之中有差错,知后重读动吾心。
良言永记伴终生,警钟长鸣贵似金。
后学未敢忘忧国,泼墨挥汗济世贫。

2014.6.3

事 记

两肋插刀解友难,怎知官员也难缠。
男儿理应讲诚信,人心隔肚实难验。

[①] 因请资深报人、著名作家商子雍老师斧正拙作《诗路话语》,未承想他错将别人的评论当成了我的作品。而后他又要回重新写下评语感言,并题写"诗须言志,笔下不可有欺天妄语;文能化人,书中应长存济世良心"。

功名利禄身外物，来自贫民意志坚。
不能为此不救人，舍己救人兴无限。

2014.6.7

老人难

今人多把老人嫌，怎知怀胎十月寒。
忘我培育多劳累，父母疼爱越九天。
人道养儿为防老，为儿有几是孝贤。
吾虽不才敢负重，父母重担一肩担。

2014.6.9

感 悟

坎坎坷坷多磨难，风风雨雨几霜寒。
曲曲弯弯历险途，清清淡淡观人间。
恩恩爱爱夫妻情，唠唠叨叨盼儿贤。
健健康康父母体，高高兴兴书诗篇。

2014.6.10

新 址

阴暗密闭四面墙，[1]一样书写新篇章。
茅屋寒窑励壮志，深山幽谷出凤凰。

2014.6.13 小雨

---

[1] 指因修建地铁3、4号线，办公室搬至新址，为简易车库改建。

自 题

为军为民未为官,自强自爱更自严。

大智大勇不自大,全心全意思周全。

2014.6.14 中雨

题吴氏家谱(三首)

一

中华文明德为先,吴氏族风永承传。

寻根追溯不忘本,撰谱立章祖志编。

延陵高风诲儿辈,世家第一"史记"显。

吾代后生皆兴建,千秋万代子孙贤。

二

生来死往永相连,星转斗移交替前。

岁岁百事须记载,年年万花争吐艳。

四海同祖难确认,五洲氏谱释渊源。

家族史册贵似金,世代交流兴继传。

三

延陵旺族福运广,至德永传子孙良。

兴书吾辈家族史,承前启后继祖纲。

吴人遍布全世界,聪明伶俐智勇强。

规矩准则守贤范,谱族佳员永承昌。

2014.6.17 高温天气

五十六岁咏

风雨沧桑近六十,为党为国未顾身。

边关奋战多忘我,闹市创业勤耕耘。

四世同堂多欢语,三生有幸已脱贫。

兴至挥毫尽情书,再立新功建殊勋。

2014.6.20

自 题

从军守边自成家,吃苦耐劳勇奋发。

喜是人生未虚度,尊老爱幼四世家。

2014.6.22 高温

闲 咏

夏日书中有清风,夜来笔下书人生。

文人常借烟酒书,吾却无欲兴亦浓。

来自农家不忘本,边塞更增志无穷。

不学纨绔游子闲,满怀松梅傲雪情。

2014.6.26 晴

贺"金博雅"壁纸店开业

红旗建材鞭炮隆,花篮簇拥迎东风。

倾其所有建斗室,期盼水到渠自成。

人生之途难预料,经商亦须讲信诚。

互利双赢是准则,道德底线贯始终。

2014.6.28 小雨

自 咏

走南闯北多难艰,帝王之都置家园。

为党尽责未懈怠,为民脱贫永当先。

2014.6.29 阴

读徐剑铭《我在长安》感咏

随母漂泊至长安,饱尝世上风霜寒。

屈冤练就英雄志,人间沧桑一肩担。

挥毫泼墨情未了,书尽遥途冷和暖。

《血沃高原》谈笑事,《立马中条》出长安。

2014.6.30 晴

庆祝建党 93 周年

九十三载风雨稠,十四亿人昂起头。

三座大山被推翻,奋勇抗战驱日寇。

改革开放兴中华,反腐倡廉涤污流。

带领万众奔小康,中华腾飞指日数。

2014.7.1 阴

反腐有感

打铁还需自身硬,党要管党树新风。

清除腐败蚊蝇类,重拳出击论废兴。

历史教训永牢记,蚁毁长堤洪水涌。

清正廉明民拥护,国家方能享安宁。

2014.7.2 阴

思　咏

国泰民安山河秀，家兴邻和万事兴。
边关岁月未曾忘，闹市却见污水流。
若是世人皆为钱，道德必沦多怨愁。
共产党人大目标，文明同富是追求。

2014.7.5 高温

历史悲剧决不允许重演

历史教训记心中，万莫伤好忘了痛。
倭兽今日仍猖狂，吾辈岂容魔逞凶。
中华已非弱病夫，国强民富众长城。
有我中华好儿女，寸土不让齐抗争。

2014.7.7 高温

少年游·忆往昔

　　汤王山下是故园，景幽曲途艰。崇山峻岭，叠嶂峰峦，风光兴无限。

　　保国从军戈壁滩，青春献边关。忠心耿耿，勇战天山，为铸和平剑。

2014.7.9 小雨

自　题

出生晋南中条山，青春奉献戈壁滩。
终生为民跟党走，转业长安辞家园。

无愧男儿七尺躯，勇闯商海再扬帆。

笑对狂风高歌唱，激流险滩只等闲。

2014.7.12 中雨

贺张瑶与娄勇新婚

四面八方相聚来，五湖四海笑开怀。

平时难见音讯少，唯有此时笑语开。

举杯畅饮忆军旅，古都相逢话未来。

军人作风伴终生，容颜苍老志未衰。

2014.7.12 高温

现今城里人

楼上楼下是近邻，日日相逢门对门。

点头一笑无多语，甚至十年不往闻。

若要问知名和姓，摇手作答不识人。

莫说相帮解忧愁，相互戒备道德沦。

2014.7.16 高温

慰问工地

骄阳似火燃长空，挥汗如雨情更浓。

古城建设正火热，男儿斗志展雄风。

瓜子虽小是人心，体现勘院关怀情。

防暑降温要牢记，安全生产莫放松。

2014.7.18 高温

鹧鸪天·家

新科花园是吾家，四世同堂乐哈哈。儿孙勤奋多努力，老母九十体康佳。

晨早起，晚披霞，不忘耕耘书生涯。兴侃人生育晚辈，艰苦奋斗勤持家。

2014.7.20 高温

自 题

真诚大度路自宽，与人为善品自端。
谦虚谨慎多自律，万民皆富是自愿。

2014.7.22 高温

闲 咏

正确树立人生观，辩证思维克难险。
一分为二看世界，矛盾转化一瞬间。
条条大道通罗马，万莫独筋绷断弦。
既生于世应发奋，兴高采烈书新篇。

2014.7.25 高温

一剪梅·路途

走南闯北几多寒，解甲闹市，喜忧参半。说东道西事如烟，坚持真理，正义肩担。

回首往事足迹斑，青春虽逝，未有遗憾。人生本应多灿烂，虽有艰辛，壮志克难。

2014.7.27 高温

咏"八一"[1]

一十七岁自从戎，一路坎坷多泥泞；

一颗红心紧跟党，一枚核弹保和平。

一尘不染居闹市，一支拙笔书人生；

一贯保持军人色，一心为民立新功！

2014.8.1 高温

悼亲家[2]

惊闻噩耗恸泪伤，裂肺撕肝痛断肠。

一生勤奋不辞劳，奈何今去别恨长。

相识虽短质淳朴，音容笑貌更难忘。

从此天涯青鸟绝，今生难返两茫茫。

2014.8.3

广场有感

时代变化难跟上，如今高楼叫广场。

熙熙攘攘多拥挤，老老少少均上当。

为何名字不副实，取名大师为哪桩？

实盼真正增广场，健身强体有地方。

2014.8.5 多云

---

[1] 王平虎、柴永龙组织60多名战友在河底聚会，许多战友30多年未见，亦不敢相认，但都很热情，无拘无束。本计划在建军87周年之际，出版发行拙作《诗路话语》以献礼，却因种种原因，未能如愿。故在此以诗补之。

[2] 晚上9点，惊闻儿媳之父张恩会意外死亡，年仅52岁，难以置信。儿子、儿媳以及爱人、孙女，不得不连夜前往吊唁。

第二章 赤子情怀

自 题

生于中条家贫寒，从戎天山守边关。

艰难困苦无所惧，练就忠心赤诚胆。

东奔西走多风霜，解甲长安立家园。

四世同堂已知足，兴书狂咏诗百篇。

2014.8.9 雨天

光 阴

莫言时间瞬间过，休叹人生多坎坷。

酸甜苦辣可调味，电闪雷鸣似欢歌。

春雨花柳虽可赞，冬雪冷梅亦可贺。

世事兴衰本常事，人间冷暖付江波。

2014.8.12 暴雨

闲 咏

小球圆圆不停转，大人侃侃多好言。

曲曲折折人生路，平平淡淡知足满。

角度不同答案异，怎与小人论长短。

须知权钱力再大，难断东北与西南。

2014.8.13 晴

牢记是党员

莫笑吾辈芝麻官，终生为民未占贪。

俯首永做老黄牛，带头苦干直向前。

光明磊落正气树，艰苦奋斗克难险。

兴我中华不忘本，牢记自己是党员。

2014.8.15 晴

自　题

为官尽职苦奔跑，决不媚官屈老腰。
深知官场多险恶，敢与魔鬼试比高。
来自草根本平民，为党事业多操劳。
不学桃花开三月，且看红梅迎雪笑。

2014.8.21 高温

贺我国成功发射"高分二号"卫星

嫦娥奔月舞翩跹，千载梦想今实现。
科技长征不怕苦，勇破银河险浪关。
俯视山河嵌寰球，华夏儿女谱新篇。
绕地精测绘宏图，巍峨中华更壮观。

2014.8.23 晴

核　桃

每逢此季核桃丰，广告推介品优精。
言是补脑好处多，质高价廉是群声。

2014.8.25 晴

雨

秋风送云遮蓝天，晚雨洒珠落窗前。

两日清爽听雨歌，一夜长思难入眠。

2014.8.31 中雨

中　雨

云浓遮日风奏歌，雨骤成洪汇江河。
冷意渐显鸟南飞，红叶飘落恨可多？

2014.9.1 中雨

纪念抗日战争胜利 69 周年

六十九年一挥间，卢沟战火似犹燃。
军国狂徒心不死，妄掀江海翻云天。
借助小美鹰犬手，猖猖狂吠黑白颠。
中华今日已崛起，怎由日寇逞凶顽。
三军听从党指挥，卫星火箭游蓝天。
航母破浪出海峡，钓鱼岛上战鹰旋。
吾辈热爱和平处，岂容觊觎侵主权。
睦邻友好是愿望，共同繁荣求发展。
且看再出战争狂，连其老窝一起端。

2014.9.3 晴

《诗路话语》末题

忙里偷闲习诗赋，却未承想今成书。
三十年前边关月，八万里外寒风除。
感悟认知不尽同，敬请读者细评注。

虚心学习永无止，恰似幼童刚学步。

2014.9.22 于西安

自　题

少小从戎自立家，奋战戈壁斗风沙。

艰苦环境励壮志，闹市为官未自夸。

心系群众敢担当，创业为民意兴发。

不与小人争高低，广阔天地任描画。

2014.9.24

缅怀先烈

为国捐躯名长留，舍生忘死为民求。

烈士披肝壮国威，群英洒血写春秋。

以身献庶含笑去，勇持长缨驱日寇。

而今国昌民富足，先辈英迹记心头。

2014.9.30 晴

65周年国庆有感

成立初期满目疮，六十五年铸辉煌。

国兴民富惊世界，飞向太空科技强。

日新月异换天地，鼎新革故书新章。

自是中华好儿女，英雄辈出万代昌。

2014.10.1 雨转晴

自　咏

正直做人善为先，当官为民职责担。

叹是多有和珅辈，唯辟新径书新篇。

神州大地显身手，勤奋创业智勇兼。

得心应手迈大步，业兴家和度晚年。

2014.10.3 晴

国　庆

十月同欢国飞腾，万民齐祝华夏兴。

吾辈岂敢游手闲，立国创业勇担承。

2014.10.4

"十一"长假

景点播报人潮涌，道路堵塞成一景。

国人应思改革策，一分为二促繁荣。

2014.10.6

深　秋

秋高气爽抒心怀，风吹落叶起尘埃。

冷热变化寻常事，自然造就不足怪。

远望秦岭挂霜雪，近观灞柳枝叶衰。

潺潺流水追鱼乱，朵朵浮云迎面来。

2014.10.13 阴

贺"嫦娥五号"再入返回飞行器发射圆满成功

为使嫦娥早凯旋，敢"打水漂"①克难艰。

玉帝乘兴举目望，仙女月宫捧花篮。

太空风雨化巨浪，"齐天大圣"击浪翻。

佛祖关照人间事，同与儿郎著新篇。

2014.10.25 晴

观大型话剧《天顺心》

老陕特色言直爽，肢体话语更显强。

情义感动匪将士，"花狐"美计成黄粱。

多方融合音舞美，不战同样降"大王"。

《天顺心》剧具新格，彰显人间正能量。

2014.11.1 阴

事　记

众口难调多争鸣，领导插手更难清。

本当好事应办好，叹是力薄声势轻。

吾心无私让百姓，安居陋室书春风。

应得之际再谦让，勿忘人民养育情。

2014.11.6

杂　谈

道路漫长多曲弯，人生短暂几风寒。

---

① 飞行试验器飞抵月球附近，绕月半圈后自动返回，以接近第二宇宙速度进入大气层，经跳跃式（比喻为"打水漂"）弹起后，再次进入大气层，并在内蒙古地区着陆。

男儿应有凌云志，莫被片叶遮双眼。

家庭社会一细胞，幸福和睦是关键。

儿女教育父母责，为国为民沥肝胆。

2014.11.11

实现依法治国的历史跨越

四中全会聚英贤，再为强国书新篇。

法治国家加特色，依宪治国应率先。

改革开放更深化，开拓进取兴无限。

监督体系要完善，重大决定克难险。

2014.10.24 晴

事　记[①]

友从晋南故乡来，亲切相逢笑语开。

未及成书皆索求，重忆戈壁多风采。

举杯同祝体康健，冒雨游览抒情怀。

调侃往事皆有悟，言耆军旅志未衰。

2014.11.22 雨雾天

和谐家庭

儿女孝顺父母欢，齐心协力克万难。

家庭和谐胜千金，千金难买身康健。

尊老爱幼家兴旺，老欢少乐生活甜。

[①] 王平虎战友给其爱人看病，同其女儿来西安。前天晚上招待其一家三人，今天又一起游览了小雁塔、南山观音寺等处，虽然大雨倾盆，但有朋自远方来，不亦乐乎。

四世同堂幸福曲，三冬一样如春暖。

2014.11.26

题赵明银战友

赵兄夫妇品德诚，陪护床前令人敬。

八十老母离故乡，医院疗养孝心承。

卫国为家心宽阔，乐于助人济世风。

相识戈壁可是缘，同归古都书人生。

2014.11.29 阴

自　信

小小寰球多霜寒，风风雨雨添忧烦。

笑观松梅傲然立，深解奥秘志高远。

惊涛骇浪等闲事，书山高峰奋登攀。

展翅高飞俯大地，雄心能度万重山。

2014.12.5

题杨进录战友

同战戈壁守边疆，相识闹市友谊长。

妙手回春除顽疾，深研疗术救众良。

鬓虽斑白情未变，高尚医德受赞扬。

悬壶济世乐兴善，弘扬正气愈民康！

2014.12.7

一起默哀

纪念馆前悲思稠,灭绝人性小倭寇。

卅万难胞永牢记,高调国祭此为首。

万里长江血染红,前仆后继写春秋。

炎黄子孙多壮志,中华儿女昂起头。

2014.12.13 晴

纪念毛主席 121 周年诞辰

一二一年庆诞辰,纪念主席万民心。

建党立国恩似海,今日怀念意更深。

丰功伟绩千秋颂,雄文大略万代珍。

独领风骚惊世界,继承发展利众民。

2014.12.26 阴天

渔歌子·故乡小山村

安居古都好地方,却思桑梓小山庄。山青秀,水清澈,休闲养老数汤王①。

2015.1.7 晴

深 冬

皓月当空引众星,白雪覆地寂无声。

楼室融融周身暖,奋书行行几多情。

莫道叶落草木枯,蓄势待发春日红。

---

① 指山西闻喜汤王山。

更有松梅来相伴,喜迎电闪风雷鸣。

2015.1.16 晴

醉花间·冬梅

古人颂,今人颂,如雪缀环城。不似春花红,却把春花迎。
独抖芳菲情,敢笑冰霜峰。不惧险境恶,敞怀拥春风。

2015.1.18

补 衣

缝缝补补又三年,古训今人多忘完。
吾辈艰苦不厌旧,洁净细补周身暖。
来自农民不忘本,何惧他人论长短。
但愿儿孙能继承,应知米珍物维艰。

2015.1.22 晴

雪

飘飘洒洒铺大地,片片粒粒花朵奇。
山山树树均改色,洁洁素素是新衣。
雾雾茫茫终归去,清清新新好空气。
人人车车均减速,安安全全是第一。

2015.1.31 雪天

醉花间·冬竹

东南风,西北风,傲立寒风中。节高弯不折,骨硬刺苍穹。

青青迎飞雪，株株舞倩影。虚心咏天歌，游客可细听？

2015.2.1 晴

醉花间·冬松

千山峰，万山峰，雪中笑东风。远望白茫茫，独我自青青。

四季不改色，万年傲骨硬。笑骂由君去，扎根冰岩中。

2015.2.2

立 春①

春风微微艳阳天，笑声阵阵战友欢。

同举金杯满春色，《诗路话语》忆马兰。

2015.2.4 晴

江城子·贺新春

春暖花开柳吐烟，天蓝蓝，水蓝蓝。游子归来，万众庆新年。骏马远去灵羊欢，紫气升，祛霜寒。

春运繁忙为哪般？情满满，意满满，不远万里，相聚父母前。愿借春风化美酒，庆团圆，团圆年。

2015.2.16 晴

贺母亲九十一岁大寿

老逢盛世争风流，红梅一枝簪白头。

期颐有幸心情好，四世同堂乐悠悠。

---

① 因王锋战友从河南归来，晚上设宴招待其以及崔亚训、黄晓军等，随赠每人一本《诗路话语》。恰逢今日立春，故记之。

更喜宾朋同庆贺，稚孙雅姿惊酒楼。

且愿人人同健康，为国再书新春秋。

2015.2.17 晴

过　年

老母除夕夜不眠，孙女舞步更惊艳。

春晚相伴辞旧岁，鞭炮声中迎新年。

四世同堂多福寿，五洲华人同乐欢。

和谐祖国庆盛世，甜蜜生活梦实现。

2015.2.18 晴

沁园春·羊年春节

三阳开泰，举国欢歌，普天同庆。看改革开放，两会召开，共商大计，再步新程。法治民主，服务民生，国泰民安万事兴。齐努力，强大我中华，锦绣前程。

惩腐败倡廉政，看神州处处颂升平。打持久硬仗，严肃纪律，密切党群，鱼水深情。紧跟党走，迈步长征，大江南北日向荣。春节日，愿四季如画，永固长青！

2015.2.19

雪

遥知故乡碧无瑕，白然天成多奇葩。

虽然来迟君莫怪，融入春风更润花。

古城一冬虽无雪，雨知时节今飘洒。

节日值班尽职责，漫步雨中再巡查。

2015.2.20 雨天

春节老家亲朋来访

遥远故乡亲朋来，看望老母笑语开。

玉兄去年乘兴归，佃红数家今日来。

"仁和"①举杯尽情吟，族人相逢语畅怀。

儿孙调侃寄新语，吴氏建国栋梁材。

2015.2.24 晴

羊 年

迎羊辞马书新章，家家户户喜洋洋。

中华儿女逢盛世，同唱赞歌献给党。

2015.2.25 晴

忆秦娥·春风

云雾漫，举国霜柳冬日眠。锁千山，秦岭茫茫，一片苍然。

春风拂动乌云散，晴空万里百花艳。景壮观，神州升平，阳光灿烂。

2015.2.26 阴

定风波·踏青

漫步灞岸入桃林，花朵烁烁醉游人。临水柳枝展婀娜，惊甚？方觉春日已来临！

结伴相约同踏青，销魂！田园处处绿茵茵。桃花之下议桃花，

---

① 指国力仁和酒店。

一笑，何将比喻当作真？

2015.3.1 晴

元 宵

正月十五雪打灯，此景昭示粮棉丰。

古人相约花灯后，世人赏灯情更浓。

雪花恐春归来迟，彩灯似星点古城。

游人如织满春色，欢声笑语享太平。

2015.3.5 雪天

钗头凤

——贺西安获全国文明城市

春光美，三秦最，西安风貌惹人醉。人和谐，山青翠。百花点缀，绿水融汇。美！美！美！

古城沸，名胜伟，文明繁荣市民惠。文盛萃，德珍贵。举国欣慰，世界钦佩。媚！媚！媚！

2015.3.6 晴

两 会

振兴中华正逢春，相聚北京谋良辰。

年年两会论梦想，实现梦想是佳音。

2015.3.8 晴

春 花

休眠一冬破冰开，争为大地吐光彩。

珍惜青春好年华，不负光阴向未来。

2015.3.12 晴

示 儿

少时知足肯吃苦，长大才懂啥为福。
如若仍不解其意，待老后悔落泪珠。

2015.3.14 晴

望 春

古都春至百花艳，东风催雨洒江天。
道边槐桐添锦绿，田园花草润碧泉。
画圣妙手描美色，诗仙挥毫书新篇。
祖国山河无限好，更有中华好儿男。

2015.3.19 雨天

蝶恋花·新科花园

新科花园通地铁，高新路站，东西南北接。出行漫步均便捷，客来朋往更亲切。

健身器械强体魄，繁华商街，飞鸟增歌页。远望秦岭染春色，近观花间蜜蜂蝶。

2015.3.23

春 望

春望田园花竞发，玉兰杏桃争奇葩。

姹紫嫣红引蜂蝶，共破晨曦沐朝霞。

2015.3.25

古城夜色

霓虹如星照广寒，远望古城不夜天。

三羊开泰润城池，九天银河已失颜。

2015.3.27

十六字令（三首）

一

腐，败坏国家与民主。零容忍，严惩莫迟误。

二

腐，齐抓共管正气树。不敢腐，若腐必遭诛。

三

腐，铲除杂草和污土。不愿腐，国运春常驻。

2015.3.30

假日农家

桃花舞春风，凭添少妇容。

纤手细蒸调，诚待远来朋。

2015.4.4

祭奠扫墓

清明祭扫走天涯，漫山遍野黄白花。

美味佳肴灵前摆，七彩纹锦坟上挂。

国祭黄陵万人恸,春雨似泪九天洒。

哀思缕缕寄先祖,传承美德放光华。

2015.4.5 清明节

雨中游

满山翠绿雨添花,花动香飘满山崖。

行至河边水深处,似觉鱼跃击浪花。

云雾缥缈穿林过,春风轻轻尽情刮。

老农更是喜眉梢,因知秋后锦添花。

2015.4.6

小 草

不与树竹争低高,笑迎雨淋野火烧。

甘为牛羊充饥寒,乐助骏马冲云霄。

深山老林迎风舞,道边石旁也逍遥。

为增大地青绿色,默献青春不惧老。

2015.4.10

春 雨

细雨点点润柳茵,微风轻轻传花粉。

小鸟喃喃筑新巢,老农碌碌抖精神。

2015.4.18 雨天

春 日

燕展长空艳阳天,草抖劲枝花吐妍。

春回大地萌万物，雨润山川秀千峦。

2015.4.23

你是否还记得

——献给石门中学高四班的老师和同学

四十年一挥间，恍惚如昨。

如今相聚，你是否还能记得我？

你或许已不记得，

你或许还记得，但已不认得……

你可以不记得我，

但你不能不记得有个地方叫石门中学，

你不能不记得山清水秀的石门公社，

你不能不记得校门前那条小河的静谧碧波，

你不能不记得校前树上悬挂的钟声回荡在山窝，

你不能不记得石门村那个原始村落。

我们在这里铸就了一种情谊，

她是那样的真诚、质朴、坦荡、磊落……

尽管在人生历史的长河中匆匆而过，

但如果要追溯记忆，

这当是人生的黄金片刻。

沧海桑田，光阴流逝，

人生留给你的将是什么？

当皱纹悄悄爬上你的前额，
当你回首大半生的顺利和坎坷，
不知你是不是有这样的感觉，
千金易求，真诚难得……

我们曾在这里共度寒窗、求知探索，
将青春的心血和汗水洒在这石门山下，
孕育了我们休戚与共的融合。
我要感谢养育我们的父母，
也要感谢滋润我们的晋南山河，
我要感谢谆谆教导我们的老师，
更要感谢在座的每一位同学。
因为四十年后我们再次在这里聚首，
还依然是那样的真实、洒脱，
让我们珍惜学友之情的高尚执着，
但愿世俗不会将这一段历史湮没……

2015.5.2 于闻喜石门中学

题高四班同学四十年聚会

校门一别四十年，时空千转时境迁。
炎凉世态多风雨，苦读寒窗友谊坚。
昔日少颜随梦去，今朝额皱鬓发斑。
举杯会晤温往事，恭祝健康情更添。

2015.5.2 于闻喜石门

立 夏

夏日炎炎酷暑到，麦浪滔滔喜眉梢。

汗水滴滴润黄土，换得座座粮山高。

2015.5.6

冰 雹

雷声隆隆乌云腾，草木青青一树明。

狂风大作扫地起，鹅卵冰雹伴日生。

2015.5.7

花园景色

窗前舞动蝶恋花，顽童攀枝互追打。

天真无邪多快乐，新枝更添绿叶发。

2015.5.12

夜[①]

万籁俱寂蛙独鸣，夜色苍茫流水清。

酒高自觉乾坤大，似与织女游太空。

2015.5.19

夜 思

独自望夜空，心情如繁星。

人生多曲折，破暗即黎明。

2015.5.22

---

① 石振方夫妇、杨军夫妇来西安，我在飞鹿酒店招待之。

第二章 赤子情怀

闲 咏

落花有意余香浓,流水无情直向东。
小草伸展绿大地,怎学桃花几日红。

2015.5.28

水调歌头·打捞抢救"东方之星"

"东方之星"船,"监利"遇沉翻。中央一声令下,感恩肺腑言。遇有点滴希望,百倍抢救生还,军民齐参战。昼夜无食眠,协力抢时间。

争分秒,忍饥饿,斗风寒。战胜千难万险,不怕流血汗。救得生命在世,建设美好家园,撸起袖子干。总理临前沿,党群血肉连。

2015.6.6

夏 收

龙口夺食为万民,一粒粮食一粒金。
千行百业农民苦,一滴汗水一片心。
酷暑不怕烈火晒,一年四季终艰辛。
血汗换得人间乐,一人受贫何足论。

2015.6.11

咏小草

终生到老不争高,笑对霜欺烈火烧。
敢舍生死肥牛羊,亦助骏马冲云霄。
荒山野岭尽情舞,田间路边也逍遥。

只为人间增绿色，不怕雷击狂风摇。

2015.6.18

建国门夏晨

流水小桥古城墙，鸟逐舟鸣戏鸳鸯。

旭日初升景迷人，多彩地摊呈吉祥。

弦乐劲弹惹人醉，秦腔清唱更高亢。

绿女红男互争艳，叟翁老妪柳下唱。

2015.6.23

庆祝建党 94 周年

九十四载不平凡，抗日建国克艰难。

风雨交融除浊浪，核心掌舵挽狂澜。

干在实处开新路，走在前面当模范。

万众一心强中华，梦想成真在眼前。

2015.7.1 晴

三严三实

"三严三实"重在行，反腐倡廉正气升。

德法并用官为要，国政益民伟业兴。

2015.7.8 晴

第二章 赤子情怀

自　题[1]

艳阳高照百花香，晨练不忘咏华章。

上班途中人熙熙，守时遵章树榜样。

安全重担担在肩，巡查奔波月月忙。

莫管他人说是非，无愧于心惬意翔。

2015.7.23

纪念中国人民抗日战争暨世界反法西斯战争胜利 70 周年

倭寇投降七十年，军国复活梦依然。

亡我中华心不死，修改"安保"欲翻天。

钓鱼小岛掀风浪，南海周边起波澜。

强权军国犹无悔，狺狺狂吠黑白颠。

正义必胜雄师在，而今阅兵重宣言。

和平发展向未来，再裁军队三十万。

七十年前事难忘，心潮滚滚泪如泉。

九月十八炮声响，卢沟桥上战火燃。

血肉横飞人如蚁，生灵涂炭遍河山。

"三光"政策灭人性，南京屠杀三十万。

平川变作万人坑，闹市民宅火冲天。

清剿篦梳细菌战，铁壁合围绝人烟。

乱抢滥杀家园破，抢劫强奸妇幼残。

血染南北天亦泪，尸横遍野村无烟。

---

[1] 何方退休半年有余，院里一直也未再给安全环境部增加人，所有工作我一人承担，忙得不可开交。

腥风血雨山河碎，铁蹄践踏神州寒。

国恨家仇不可忍，血债必用血来还。

民族团结和为贵，歼敌灭倭棋一盘。

红星指引抗倭路，《毛选》之中持久战。

张杨兵谏五间厅，国共两党再商谈。

举国撒下天罗网，关门打狗操胜券。

神州处处皆英雄，男女老少齐动员。

敲响顽敌丧命钟，平型大捷第一战。

血溅中原起雄风，百团大战震敌胆。

台儿庄上战旗飘，肉搏夜战敌胆寒。

伏击奔袭建奇功，地道地雷游击战。

野牛陷入火阵中，敌伪交通全切断。

短兵相接誓除倭，立马横刀斩凶顽。

世界联合同杀敌，男孩[①]暴燃广岛间。

骄横一时从此去，美军驻扎至今天。

奋勇抗战巨人起，以弱胜强震宇寰。

中华从此立东方，天翻地覆山河变。

两弹一星惊世界，随时腾飞宇宙船。

嫦娥再将登星月，航空母舰破浪前。

两岸四地共携手，中华昂首寰宇间。

2015.9.3

江城子·农家乐

秋高气爽八月天，车马喧，激情酣。友人相邀，休闲游南山。

---
① 指美国投向日本的原子弹"小男孩"。

农家乐园风光好，依秦岭，伴清泉。

人逢知己须尽欢，泼浓墨，书青山。赤脚涉水，恰似正少年。百鸟声中咏诗篇，水清清，天蓝蓝。

2015.9.12

农家乐

秦岭溪旁农家院，少女与花同竞艳。

碧池垂钓谱新韵，醉咏狂诗赛神仙。

2015.9.26

66周年国庆有感

二十颗星[①]同登天，科技腾飞谱新篇。

奔向太空会嫦娥，深化改革不惧难。

反腐倡廉涤浊浪，有党掌舵挽狂澜。

万众一心兴中华，两百目标[②]定实现。

2015.10.1

水调歌头·雨中行

风吹落叶动，更闻秋雨声。云雾缭绕，且看黄菊露峥嵘。登高举目远望，林中硕果累累，满枝别样红。玩童攀枝间，充满欢笑声。

好时节，农家乐，丰收景。吾辈青春虽去，未减当年勇。不怕千难万险，披荆斩棘冲锋，为党献终生。不学春花艳，永做不老松。

2015.10.24 雨

---

① 指我国一箭发射20颗卫星。
② 指两个百年奋斗目标。

第一场雪

东风化蝶满天涯，银装素裹遍地花。

天降银币无所取，巧扮人间洁无瑕。

2015.11.23

赏 菊

风吹冬云飘雾纱，独赏黄菊沐晚霞。

绿叶随霜抖倩影，黄花展枝吐芳华。

谁言冬日多凄凉，满目秀色可是假？

拙笔难以书胜景，手机拍录情更佳。

2015.11.28

长相思·祭祖立碑

悠悠情，绵绵恩。永念黄泉欲断魂。立碑祭先人。

吴门人，齐发奋。继承先辈爱国心。终生为人民。

2015.12.1 于西安

文 竹

虽无翠竹枝节点，却有劲松傲霜颜。

扇盆更添文墨味，陶冶情操助神安。

2015.12.23

雾与霾

大地多年失风采，长天滚滚起雾霾。

雾锁山河谁之过，霾侵肺腑已成灾。

百姓含悲千滴泪，九天降尘万里埃。

今天不识孙大圣，可是魔妖卷土来？

2016.1.8

雪吟叹

——今冬第一场雪

久盼之中见飞雪，仍疑雾霾罩天阙。

傲霜松梅今何在？临风草树迎冷月。

路难存雪树景添，寒鸟绕枝互追越。

凝眉欲问家国事，满目愁绪一腔血。

2016.1.12

孙女两岁生日

乖巧媛媛是吾孙，聪明伶俐赋天真。

牙牙学语善歌舞，更知礼貌谢客人。

2016.1.18

岁月的思考

——献给即将到来的2016年春节

宇宙间存在一个名字，叫岁月，

她来去匆匆，围绕太阳星月穿越如梭；

她无影无踪，却是永恒的真实，

用永恒的真实谱写着人世间的悲欢离合。

从我们降临人世间发出第一声哭啼，
到撒手人寰时最后一声呻吟的跌落，
我们就在她永恒的光环照耀下生活，
是站是走，是哭是歌，唯有她，我们不能选择。

我们或许可以找回失去的一切，
——沧桑变化，物质不灭，失而复得；
我们当然可以选择一切值得的选择，
——天涯芳草，流水落花，纵横阡陌……

但是，寰宇间唯有这岁月我们无法定夺，
她怀着永恒的信念，赐予我们花开又赐予我们花落！
纵使大江东去，也会有千回百转，
而她却只能前进，绝不会有瞬间的回溯。

在她面前，我们无法倨傲，无法淡泊，
在她面前，我们无法抗拒，无法闪躲；
她离我们而去时，我们无力追风赶月，
她朝我们走来时，我们休想躲闪腾挪。

她赐我们青春活力，又让我们白发满头，
她赠我们日月精华，又给我们风霜刃磨；
她柔情似水，陪伴我们生息繁衍，
她冷峻如铁，容不得我们半点慵惰。

第二章
赤子情怀

她雍容大度，任我们哭笑，从不反驳；

她吝啬刻薄，从不多给我们一分施舍；

她公正严明，从不偏袒权贵，更不冷落弱者；

她情有独钟，只给珍爱她的人"暗送秋波"。

我们若是漠视她，她就会让我们的生活充满凄凉；

我们若是戏弄她，她就会让我们知道什么叫失魂落魄；

我们若是敬畏她，她就会让我们的生命之旅一路欢歌；

我们若是眷恋她，她就会让我们的事业之树缀满硕果。

听好了：千万不要在她面前称王称霸，

她压根就不相信太阳会永恒不落；

记住了：切忌在她眼皮底下恃强凌弱，

她坚信暴力掠夺不会成就"万世英模"！

啊！朋友，我们要对岁月多加思索，

该怎样面对，考验着你我！

看：她又携着一个新的年轮向我们走来了，

盈盈笑靥，抖开一河春水，洒下漫天春色！

2016.1.19

致雪花

拉开窗帘突然看到了你，

看到了你的优雅、你的飘逸。

你在我幽梦纷杂的时候,

无声地装扮窗外的大地;

你在黎明前的黑暗中,

挥舞起优美动人的画笔。

不但带给人们惊喜,

更无声地播报春天的信息。

此刻,一切的赞美都不免庸俗,

一切的文字都显得无力;

我只想静静地站在窗前,

静静地看你……

2016.1.31 早晨于雪中

立 春

你真的来了吗?

未看到你舞动的衣袖,

却听到了你有力的脚步声。

一如玩童时的我,

在结冰的河面上嬉戏滑溜。

料峭寒风是你的呼吸,

我从你的冷峻中,

感受到了久违的温柔。

于是我动如脱兔,

第二章
赤子情怀

蹿上岸,去和你拥抱,
你却嫣然一笑,轻轻挥动手臂,
牵引着我的目光,
让我抬头看柳……

哦!
你真的来了,
婀娜飘逸的柳枝梢上,
织一片淡淡氤氲,
远看如雾,
近看却无,
万千枝条在迷离间,
翩翩起舞走秀……

……五九,六九……
春天的脚步踏着,
季节的节奏,
走向解冻的土地,
唤醒沉睡的万物;
也必将滋润勤奋的人们,
珍惜这美好时光,
书写人生的美好春秋。

2016.2.4 立春

春 节

辉煌乙未响春雷，反腐倡廉向未来。
攻坚克难稳步进，调整结构避祸灾。
喜迎申猴棒奋起，荡清大地万里埃。
共同富裕脱贫困，奔向小康大步迈。

2016.2.8 春节

兴龙哥一路走好[①]

人生自古路不平，来匆匆去也匆匆。
六十八载瞬间过，亦遇东南西北风。
自然规律寻常事，哪个超凡寿永恒？
莫言归去万事空，愚弟小诗慰兄灵。

2016.2.27

春天的雪

为妒千树万花开，不甘寂寞下凡来。
怎奈羞见帅春哥，化作泪珠敞开怀。

2015.3.9

江城子·贺新婚[②]

人生难得相见欢，丙申年，国府宴。满园春色，更增新人颜。亲朋老友再相逢，情依旧，意犹酣！

借酒挥毫蘸狂澜，贺新人，结良缘。行云流水，古城书新篇。

---
① 27号得到消息，兴龙哥因罹患癌症去世。
② 赵宇彤、蔡婷杰婚礼，今天在高陵区国府酒店举行。故记之。

感谢祝贺满堂喜,共举杯,一口干!

2016.3.11 于高陵

踏 春

忙里偷闲寻芳来,似暖乍寒满目衰。
突见溪边石缝下,数朵花蕾破土开。

2013.3.12

清 明

阴雨绵绵路难行,难阻众人祭亡灵。
感恩上坟老传统,焚烧纸钱烟雾腾。
儿女碑前哭干泪,墓草青青可有声?
倘若生前多尽孝,胜过烧纸万万钱。

2016.4.4 清明

端午所思

草长莺飞夏日长,屈原何由去投江?
路漫漫兮其修远,风萧萧兮意茫茫。
人言爱国即忠君,谁知君王可爱将?
千年汨罗千行泪,可是万民悼忠良?

2016.6.9

"七一"感怀

有多少个日日夜夜我在思索,
有多少个年年岁岁我在琢磨。

在思索是谁点燃了星星之火，

在琢磨是谁照亮了祖国山河？

在思索是谁肩负起拯救民族的重任，

在琢磨是谁谱写了解放劳苦大众的凯歌？

啊！是党，是中国共产党！

是你领导人民翻身得解放，

你是革命的开拓者。

从南湖扬帆到建立新中国，

从百废待兴到改革开放。

每一步，都凝结着你的心血，

每一程，都历尽沧桑与坎坷。

如今，我们正奔向小康，

如今，我们已把中华民族伟大复兴的中国梦变成甜蜜的生活。

这一切，都是我们党的丰功伟绩，

这一切，都将载入人类的史册。

党啊！亲爱的党，我们永远跟着你，

跟着你阔步前进，一路高歌！

党啊！亲爱的党，我们永远祝福你，

祝福你青春永驻，生机勃勃！

2016.7.1

沁园春

——献给建党95周年

鲜花红旗，铁锤镰刀，工农符号。重温我党史，倍感自豪。嘉兴游船,十三代表。星星之火,世界照耀,神州万里尽妖娆。党领导,走社会主义,康庄大道。

建设速度之高,令世人从此不小瞧。看西方列强,到处插脚。苏联解体,东欧垮掉。中东乱局,英脱欧牢。地中海涌难民潮。看中国,坚持党的领导,风景独好!

2016.7.2

沁园春·南方告急

龙卷风过,暴雨又袭,五省告急。观南方多地,洪魔危逼。江河普涨,水毁坝堤。人民军队,闻讯出击,帮助万众大转移。洪水中,看戎装兄弟,人堵溃堤。

搏风击浪无畏,誓夺取救灾之胜利。人民好子弟,泥里浪里。怎敢休息,坚守阵地。明星偶像,又在哪里?可爱人无与伦比!危机中,唯我英雄军队,天下第一。

2016.7.8

忆秦娥·示儿

人生路,曲曲折折苦无数。苦无数,风雨交加,慎思明悟。

国事家事和谐处,鲲鹏展翅破迷雾。破迷雾,急流飞渡。有勇有谋。

2016.8.26

沁园春·故乡

故乡闻喜,裴氏故里,建商汤王。望晋南大地,气象万千,富饶辉煌,鸟语花香。中条山间,流水潺潺,富饶故乡。尧舜夏商美名扬。五千年,有中华儿女,浩瀚源长。

书写华夏新篇章,今日闻喜和谐吉祥。看巨龙跃起,黄河歌唱。科技研发,丰收棉粮。闻喜腾飞,神州翱翔。无愧是龙的故乡。从头越,乘改革大潮,再创辉煌。

2016.8.28

浣溪沙·秋吟

夜雨潇潇破晨晓,晓来推窗风袅袅。袅袅风寒秋来早。

一瓣落红无人扫,扫时方知岁已老。老来当吟秋色好。

2016.9.14

浣溪沙·中秋

佳节只盼月儿圆,圆月难遮夜色残。残酒一壶心自闲。

岁月流转年复年,年年中秋秋风寒。寒冬过后春烂漫。

2016.9.15

中秋感怀

岁岁中秋醉乡愁,年年明月问不休。

玉门关外二十载,戈壁大漠青春留。

2016.9.16

西江月·天上人间

大唐芙蓉望月,举世同庆中秋。更喜"天宫"今升空,送去桂花美酒。

嫦娥喜迎宾客,吴刚举杯等候。千年飞天已非梦,中华腾飞宇宙。

2016.9.16

照片感怀[①]

年久照片已泛黄,多少往事画中藏。
时而微笑时感叹,几多欢愉几忧伤。
年年岁岁人不同,岁岁年年花相仿。
光阴似箭催人老,青春鬓发布满霜。
同窗好友今可好?但愿师尊永安康。
思绪万千多回忆,友谊长存慨而慷。

2016.9.20

迎元旦

驾驭着一个马兰老兵的梦想,
披一缕古都闹市喧嚣的霞光。
站在这年末夕阳沉落的山巅,
举目眺望地平线的东方。
海在波涛阵痛的喘息声中,
舔舐新年初升的太阳……
这出生的婴儿扇动着翅膀,
拍打着海的脸庞。
金色的旭日将飞越蓝天,

---

① 应万晓红之邀,为其同学聚会纪念相册而作。

一声时空襁褓的啼哭，

将直冲云霄，

撞落臃肿夜幕下的潮浪。

睁开眼：

晨练的影子，喊山的喉咙，

为实现中华民族伟大复兴的中国梦，

全都换上了新年的盛装！

习近平总书记的新年献词，

激励着亿万中华儿女走向辉煌。

新的三百六十五个日子，

手牵手站在地平线，

等待，等待用我们的血汗，

我们的欢笑，我们的诗歌去喂养！

喂养成春的花，夏的荫，

秋的果，冬天的晶莹光芒！

站在这年末落日的山巅，

尽情眺望来年的曙光，

着一身大地的新装，

拥抱即将到来的2017，

更加繁荣富强，蒸蒸日上！

2016.12.31

菩萨蛮·正月十五

此是新年月儿圆,灯红叶绿春意酣。满园谈笑声,晚会明月中。
"九二"应共识,切莫后悔迟。巨龙已腾飞,无坚不可摧。

2017.2.11

赏花灯

碧波涟漪多游船,夜色朦胧花灯艳。
梅花争斗少女色,春天招手在眼前。

2017.2.12

念奴娇·情人节

南柯一梦,几百年,教育国人无数。痴男怨女,凭谁问:世间情为何物?风花雪月,琼楼玉树,谁执纤纤手?巫山云散,不知有人醒否?

莫笑吾等愚痴,今有知音者,何需隐玉?中华文明,五千年,洋节怎与并书?崇尚美德,明月应知我,梨花带雨。聚笔顿毫,敢把心声倾吐。

2017.2.14

沉痛悼念廖鼎琳政委

万水千山赴长征,南征北战建奇功。
百年百战不曾歇,大江大河记英名。
戈壁大漠舞长缨,两弹腾飞刺苍穹。
青史留名昭日月,精神永驻傲雪松。

2017.2.16

看图说话[1]

丝绸之路捷报传,唐诗故乡笑开颜。

"一带一路"展宏图,千国万呼胜当年。

如蛇蜿蜒绵千里,首末交错甚壮观。

古今历史手牵手,悟空一跃破云端。

2017.2.17

长安春早

携孙游兴庆,碧波清莹莹。

岸边杨和梅,花艳柳朦胧。

长安春来早,拂袖辞寒冬。

嫩芽破土出,彩裙舞东风。

2017.2.18

如梦令·春寒

残雪、夕阳、寒风,田间小路泥泞。回眸走过路,谈笑已过半生。奋争,奋争,男儿怎能从命?

2017.2.21 雪天

病中书

不到六十已白头,为党事业做黄牛。

守边卫国二十载,古都奋斗二十秋。

病体未忘职责事,满腔热血分国忧。

---

[1] 观中欧班列超长列车组有感。

春蚕到死丝虽尽，赠予人间御寒流。

2017.3.10 出院后书

雨中游

杨柳吐絮荡春风，丽枝疏影入水中。
湖泛涟漪鸭戏水，舟行波涌鱼穿行。
春雨细细润大地，鸟语声声悦耳鸣。
万象更新色彩美，百花争艳溢香浓。

2017.3.12

如梦令

一夜风急雨骤，两天倾洒不住。试问世间人，谁言"春光依旧"？错误，错误，冬天还未退走！

2017.3.13

同学相聚

西凤美酒斟满杯，学友聚会笑声飞。
春雨霏霏飘古城，酒不醉人心已醉。

2017.3.19

雨中花

春暖花开万里，
为什么，风雨过后，
有的在枝头斗艳，
有的在地上哭泣？

本是同根生，怎能有高低？

风说：我是为了让你含苞怒放；

雨说：我是为了让你更加美丽；

树说：同为我的女儿，怎能嫌弃！

枝上花说：兄弟姐妹，我更不会欺负你！

落花能说什么？

花落难道成谜？

世上的事啊！原本不必刨根问底，

各有各的因由，各有各的魅力！

2017.3.30 题于雨中

追 思[1]

清明寄思雨绵绵，冒雨植树父坟前。

难忘栽培养育恩，教儿为民学圣贤。

2017.4.4 于故乡

事 记

乘坐吉祥[2]游蓝天，俯视云海似锦棉。

军演迟起四十分，虹桥优服不一般。

2017.4.17

贺"天舟一号"发射成功

天舟文昌掀巨澜，寻找天宫奔蓝天。

---

[1] 今日清明，细雨飘洒。为了给父亲的坟上补栽柏树，衣服湿透，满身泥土，不胜感慨，随咏一首。

[2] "吉祥"为航空公司。

且等"舟宫"相会日，新的高峰又登攀。

2017.4.21

雨中吟

雷雨春雨雨突至，桃花落花花知时。

莫叹落花随水去，累累青果挂满枝。

2017.4.22

雨中接战友[①]

正是花开春意浓，冒雨接站战友情。

莫怕人生多病魔，雨过天晴又春风。

2017.4.25 雨中吟

事　记

昨日在骄阳下行走，大汗淋漓，

今夜在山岗前遇雨，难道会凉风习习？

花红柳绿，是春天炫耀的主题；

绿肥红瘦，是夏日豪放的写意。

人生道路，坎坷不平；

沧海桑田，岁月更替。

什么是生命的本色？

生活应该弹奏什么音符的旋律？

乱云飞渡，电闪雷鸣；

飓风肆虐，七彩虹霓。

[①] 指给聂宪福夫妇联系医院做心脏支架手术。

热烈的、壮观的、炫目的，往往是稍纵即逝；

纤纤的、缓缓的、悠悠的，常常会沁人心脾。

顺其自然，是道家教人解脱的"禅语"，

真实的困惑是：有些事，确实难以抗拒。

因为前辈为国可以捐躯，吾辈何由不担正义？

为党青春年华虽去，看夕阳照样洒下满天光辉！

人生最要紧的是：学会调整自己！

人生最悲哀的是：不会调整自己！

从容——不是萎靡，

放下——不代表抛弃！

选择——不可痴心妄想，

转身——不必奢求华丽！

有些事，我们有权保持沉默，

但绝不能助纣为虐、与虎谋皮；

有些事，我们可以不屑一顾，

但绝不能出卖良心、玷污正义。

调整就是要及时梳理我们的灵魂，

调整就是要校正我们自我纠错的能力。

执着，就一定是值得赞美吗？未必！

对诸如传销洗脑者制造的陷阱，要有足够的警惕！

调整，就是要学会向真理低头，

但绝不能向邪恶与暴戾敛眉俯首、弯腰屈膝！

调整，就是要找回我们的本色，留住我们的骨气，

做自己的主人，不做奴婢！

你看，头顶是浩瀚的天空，脚下是浑厚的土地。

人类的历史究竟是谁写的？随他说去吧！

我们从蓝天下、大地上一路走来，

记住：我们的人生履历表的作者只有一人，

那就是——我们自己！

2017.6.12

事 记

为官一方应为民，严于律己是本分。

莫悲体瘦鬓发白，清风常拂心中尘。

来自农村不忘本，等闲地步不闲身。

党的宗旨永不忘，为国为民献终生。

2017.6.30 于西安

高 温

连日高温似火烧，坚守岗位不服老。

永做革命老黄牛，欲与天公试比高。

2017.7.26

朱日和"八一"阅兵

九十征战无不胜，沙场点兵举世惊。

敢笑蚊蝇大势去，中华儿女皆英雄。

2017.7.30

为新中国成立68周年而歌唱

当"蛟龙号"在七千米深海畅游,
当"天宫一号"在万米高空翱翔,
当雄伟的天安门,迎来东升的曙光。
在耳边回响:那排山倒海般的巨浪,
那电闪雷鸣的暴雨,中国沧桑的巨变,
我们每一个中华儿女怎么能忘?
一位巨人俯瞰着世界,
洪亮的声音,全世界都听到了:
中华人民共和国成立了!
当第一面五星红旗冉冉升起,
在天安门广场迎风飘扬,
人民挺起了胸膛;
全世界都看到了,
中国人民从此站起来了!
中华历史从此掀开了新的一页,
中华民族从此斗志昂扬,
屹立在世界的东方。
人民自豪地指点江山,
祖国豪迈地走向了繁荣富强。
回顾我们的历史,
曾经是那么的辉煌!
盘古开天辟地的神话,
迸发出生命的光芒。

五千年文明古国，

四大发明万古流芳；

那狼烟里冲杀出兵马俑威武的阵容，

盛唐的丝绸之路一片繁荣景象；

万里长城显示着威严，

中国的瓷器名牌远涉重洋；

……

但是，千万年古老的土地，

也曾留下许多可歌可泣的悲壮。

那"东亚病夫"百年耻辱的帽子，

终于被我们抛到了九霄云外，

我们实现了重整河山的梦想。

六十八个春秋，

共产党带领我们前进，

神州大地神采飞扬。

六十八个春秋，

全国人民扬眉吐气，

江山如画诗意酣畅。

六十八个春秋，

科技农业谱写着丰收的乐谱，

辽阔大地充满着喜悦与欢唱。

六十八个春秋，

南海点燃可燃冰的火把，

追赶超越创造辉煌。

六十八个春秋，

一条条高铁穿云破雾，

雄伟的三峡大坝锁住千里苍茫。

六十八个春秋，

"两弹"的惊雷震撼寰宇，

"神舟"飞船寻觅着嫦娥的故乡。

六十八个春秋，

军队改革突飞猛进，

捍卫祖国的江山铁壁铜墙。

六十八个春秋，

人民乘着改革的春风，

实现中华民族复兴的理想。

……

面向未来，

我们欢呼我们歌唱，

在这片神奇的土地上，

迸发出震惊世界的力量。

迎接党的十九大胜利召开，

光荣和自豪焕发出青春的容光。

伟大的祖国啊！我为你自豪，

中华民族一定会走向繁荣富强。

亲爱的祖国啊！我为你歌唱，

勤劳智慧的中华儿女，

将会在这片精彩神奇的土地上，

描绘出更加辉煌灿烂的华章!

刊登在《春雷》杂志2017年第4期

2017.10.1

庆祝"党的十九大"胜利召开

金秋十月硕果丰,优秀儿女聚北京。

不忘初心为人民,大国外交卫和平。

共商强国之大计,攻坚克难永前行。

亿万民众紧跟党,中华民族定强盛。

2017.10.18

喜庆"党的十九大"

相聚北京是典范,共书中华新诗篇。

不忘初心永前行,敢涉激流与险滩。

从严治党担社稷,深化改革不畏难。

反腐倡廉得民心,中国梦想定实现。

2017.10.19

热烈祝贺"党的十九大"召开(藏头诗)

热爱祖国树理想,烈火青春献给党。

祝福送到天安门,贺词直达大会堂。

中华腾飞逢盛世,国泰民安奔小康。

共享人间太平年,产销协调庆吉祥。

党内党外一条心,十全十美百花放。

九九归一乐人统,次次凯歌随风扬。

代有雄才争相出,表率英模好榜样。

大展宏图创伟业,会议利民谱华章。

举国同庆十九大,行军路上铸辉煌。

2017.10.18 于曲江国际饭店

学习传达"党的十九大"精神

硕果累累满眼丰,不是春风胜春风。

宏伟蓝图已绘就,中华民族要复兴。

不忘初心永拼搏,维护世界享和平。

使命重担勇挑起,带领万众永前行。

2017.10.27 于科技统筹中心

浣溪沙·自励

人生道路多艰险,何惧虎狼设重山?生为男儿永向前。

学习英贤志高远,敢破云雾凌云端。电闪雷鸣只等闲。

2017.11.13

咏四君子

冰天雪地梅独放,夏日炎炎兰吐芳。

宁折不弯竹碧翠,荒野贫地菊傲霜。

2017.11.22

江城子·会学友

时值隆冬艳阳暖,吉祥日,乐无前。同学相会,闻喜大酒店。

千杯难解离别怨,齐举杯,笑声欢!

各奔东西四十年，虽离别，却思念。岁月无情，霜染两鬓斑。但愿人生能长久，常相会，永康健！

2017.12.3 于闻喜大酒店

事 记

"两会"召开顺民意，勘院开发重头戏。
福利民生解决好，代表拇指都竖起。

2017.12.4

满江红·忆

二〇一七，路难忘，勇挑重担。两部门，齐抓共管，分房再添。①"两学一做"为标杆，优秀党员在集团。须戒骄，老兵色未变，永向前。

四十载，老党员，新时代，未怠慢。敢超越，焕发青春容颜！回眸盛景存感恩，瞻望明日光无限！献终生，风光无限好，为勘院！

2018.1.1

满江红·思

步入新年，回望时，景色烂漫。不凡年，重担在肩，未负众愿。登高远望见彼岸，乘风破浪勇向前！壮志立，不畏难和险，灭敌顽！

莫服老，续新篇，虽到站，不休闲。似雄鹰，翱翔白云蓝天。看夕阳染红天际，彩云色更加灿烂！待明日，旭日又东升，光无限！

2018.1.2

---

① 指2017年自己主管安全环境部、党委工作部两部门工作，外加院分房委员会工作。

雪（二首）

一

莫道冬日百花煞，天女倾情漫天洒。

多娇江山一统色，银装素裹碧无瑕。

二

火红灯笼映瑞雪，葱郁绿苗白衣裹。

数九寒天何所惧，待到春风唱欢歌。

2018.1.4

雪中梅

雪花飞舞迎春风，银装素裹独自红。

艰苦环境显高洁，风吹冰封亦从容。

2018.1.17

第二场雪[①]

迎春彩灯分外明，瑞雪纷飞更多情。

古城人们亦勤奋，预示新年五谷丰。

2018.1.25

立 春

今日立春，

就是冬哥今天下岗，

岗位由春姐接替。

[①] 早上在大雪纷飞中行走，随手拍下大雪飞扬中的彩灯和飞雪笼罩中的古城，更有冒雪清扫道路的人们，故草咏一首。

第二章
赤子情怀

岁月更迭，步入春季。

没有阴谋，没有暴力，
该来的姗姗而来，
该去的慢慢驶离。
握个手都是多余，
喜怒哀乐，那是人们无端的猜疑。

大自然的公平在于顺天应时，
让天地生灵，充分展示各自的魅力，
有礼让，无相欺！
人世间的丑陋却在于强取豪夺，
用暴戾与血腥，去填充那填不满的私利，
不择手段，花招称奇！
以凡尘之心，度天地之腹，
一切猜疑，都会谬以千里！

请不要为冰天雪地哀叹，
每朵鲜花都有自己的花期！
也无须为落叶枯枝伤感，
要知道树木也需要休息。

不要惊喜万紫千红的到来，
那是冬哥为它蓄足了热力！

何须在吐满嫩芽前的小河旁站立，

潺潺流水，是春天在张扬她纯真的美丽！

即使春雷轰鸣，也是在提醒您：

不要忘记走过的冬季，

应该珍惜时光，施展才华，绿满大地！

今日立春……

一个人静静地在窗前伫立……

有些话抛向了天空，

有些话却留在了心底……

赞美春天的诗句数不胜数，

但我却从另一个角度着笔：

苍蝇相随而来，细菌相伴而生……

我们要有强健的肌体！

2018.2.4

事 记

站好最后一班岗，党务安全担肩上。

不忘初心为人民，分房难题胸中装。

珍惜职工赐荣誉，砥砺前行斗志强。

寒梅怒放冰雪时，更喜春暖百花香。

2018.2.12

第二章 赤子情怀

春 雨

昨天春雨今日晴，阳光普照古都城。

上班路途曲径处，宣传壁画展正能。

2018.4.24

春 日

正是春浓四月中，却见林间铺残红。

独行花径幽思远，落花烟雨两朦胧。

2018.4.25

孙子降生①

"五一"佳节降神童，贤孙喜临靓新星。

阖家上下齐欢庆，从此吾宅喜气增。

2018.5.1 于西安

母亲节

老母康健是我愿，吾陪老母游乐园。

九十四岁未服老，恰似玩童笑开颜。

2018.5.13 于西安

江城子

——读黎荫铭战友的《大道·春风·晚霞》有感

一卷诗书话流年，路漫漫，朔风寒。男儿有梦，磨砺作笑谈。

---

① 今早（农历戊戌年三月十六）9时9分，在西安兵工521医院，儿媳产下一男婴，体重6斤6两，身高52厘米。

寸笔挥洒论古今，忆往事，铸肝胆。

　　老来不叹夕阳短，情悠悠，意绵绵。五更鸡鸣，壮志寄纸间。晚霞喷薄染云端，青山近，光无限！

2018.12.13

大雁的自由生活

我站在大地上，仰望蓝天白云，
看大雁从天上飞过，
看它飞翔，听它唱歌……

当夏日归去，夕阳残照，
晚风将片片黄叶吹落。
隐隐约约，我听到林间寒鸦的鼓噪，
夹杂着蝉声的凄切喧闹……
而大雁，却正在天空展开双翼，
向着南方飞越！
神态从容，姿势优美，意志决绝，
用从容决绝的歌声，优美的仪式，
宣布与寒冷的北方告别，
到温暖的南方垒巢筑窝。

秋天来了，秋风萧瑟，
有人在萧瑟中坚守，
有人在寒风中逃脱……

第二章
赤子情怀

有人赞美坚守者的神圣,
有人对逃脱者发出谴责……

我羡慕大雁,
我聆听它唱歌,
我看它翱翔,
我敬畏它穿云破雾,
不惧遥途险恶……

当大雁再从南方归来,
蓝天悠悠,白云朵朵,
迎春花开满了原野山坡。
我看到河边杨柳绽出嫩芽,
鸟儿在枝头闪转腾挪……
而大雁,却正在天空扑扇着翅膀,
飞向北方的田野,一路高歌。
身形矫健,遨游蓝天,
用矫健绰约的神韵,
张扬回归的欢乐,
与酷热的南方挥手作别,
到北方去寻找更加舒适的生活……

春天来了,开花时节,
有人为走出严寒而庆幸,

有人为拥抱春天而喜悦……
有人给留守者点赞，
有人为归来者庆贺……

我站在大地上，
看大雁从天空飞过。
一声声"归去来兮"的长歌，
撩起我的思绪……

也许，也许你会认为大雁怯懦，
甚至会嘲讽它的"浅薄"。
但是你应当尊重它选择的权利！
更要钦佩它选择的洒脱！
自由，该是一个多么甜美的词汇啊！
它有权享有，我们无权褫夺！

更应该赞美的是蓝天的辽阔，
蓝天上没有囚笼，没有枷锁！
袅袅行云，是温柔的抚慰，
灿灿流霞，是爱的举托。

大雁在无垠的天空飞过，
它用歌声向大地宣告：我心飞翔，
蓝天无需通行证明，

万里迁徙，
在那个"户籍簿"上——没有我！

喜欢看大雁从蓝天飞过，
不管它会在哪里栖落；
喜欢听大雁在飞翔中歌唱，
不管它是倾诉忧郁，
还是播洒欢乐！

自由，
该是一个多么甜美的词汇！
为了自由，
它会摆脱一切诱惑，
做出勇敢的抉择！

我站在大地上，
望着大雁轻盈的身影，
看它穿云破雾，
向它表示祝贺！

2019.3.31

充满生机的五月

"五一"到来，"五四"相随，
五月的大地，充满了生机；

冬小麦抽穗灌浆，

桃李杏挂果把树枝压低。

禾苗跳动着青春的舞姿，

一幅幅劳动的油画，

展现着万物的勃勃生机！

豆蔻年华五彩缤纷，

满目的绿色为大地增辉，

火红的五月怎容得半点消极！

五月，劳动的盛日，

青年人表现得尤为积极。

春色的光彩，一切都那么现实，

迎新春的壮志，在五月，

都汇成了光芒四射的诗集。

除旧岁那陈腐往事，

早已被春雨刷洗。

五月，人生将迎接，

更加壮观、更加红火、更加热烈的夏季！

五月，年轻人挥动的双手是多么的有力；

五月，看我们的双脚该走出怎样的奇迹；

五月，我们似早晨的太阳，吐彩升起！

紧紧团结在党中央周围，

撸起袖子加油干，

在平凡的岗位上创造不平凡的业绩。

边关哨所有我们的身影，

"嫦娥"奔月有我们的足迹；

"蛟龙"、航母劈波斩浪，

宇宙飞船遨游蓝天，

向祖国和人民报喜！

五月的大地与时俱进，

秋天才会有金色的颗粒；

五月的人生扎扎实实，

才经得起酷暑狂风暴雨的洗礼；

五月，检验劳动的盛日，

劳动最光荣，人民是动力！

五月，是青年人大显身手的日子，

让五月变成歌颂劳动、赞美青春的乐章，

促使亿万心灵变得更加美丽！

2019.4.9

纪念我国第一颗原子弹爆炸成功 55 周年

难忘五十五年前，蘑菇红花开楼兰。

巨龙腾飞惊世界，中华儿女书新篇。

丝绸之路添新色，英雄壮志冲云天。

回首青春无憾事，我为祖国铸利剑。

2019.10.16

聚 会[1]

五十年前聚红山，时空千转时境迁。

死亡之海创伟业，奋战戈壁克难险。

青春年华献大漠，而今鬓斑志更坚。

举杯会晤温往事，无悔为国铸利剑。

2019.10.20

附：李德江战友和诗《无悔年华》

风华正茂聚红山，青春奉献勤务连。

金木水火百般艺，众人合力勇攻关。

埋头苦干戈壁滩，笑迎风沙斗志坚。

举杯重温军旅事，无悔热血铸利剑。

事 记[2]

应标赠字见友情，墨宝苍劲赛梅松。

伟人功绩不能忘，主席诗词记心中。

不忘初心担使命，革命军人永年轻。

二百勇士喜相逢，不是春风胜春风。

2019.10.25

贺"长征五B"成功发射

中华再展新箭容，"长征五B"跃太空。

---

[1] 10月18日至22日，21研究所勤务连战友相聚西安，庆祝中国核试验基地研究所勤务连成立51周年暨我主编的《辉煌岁月·无悔青春——21所勤务连》一书的首发式。

[2] 勤务连战友西安聚会取得圆满成功。张应标战友给我写的几幅字，今发于朋友圈，随笔书之。

不懈奋斗探宇宙，问天梦天已启程。

2020.5.6

看图说话[1]

踏遍红山寻辉煌，美人桥头放眼量。
连队营房今可在？已在老兵心中藏。
足迹曾遍此山水，汗水渗透绿军装。
梦绕戈壁八千里，无悔青春万古芳。

2020.5.11 多云

天伦之乐

戈壁大漠献青春，古都闹市壮国魂。
莫说退休闲无事，看与孙辈乐天伦。

2020.5.15

不一样的"两会"

首次疫中两会开，足见神州多豪迈。
中华儿女多奇志，共绘蓝图七彩云。
引吭高歌再攻坚，全国脱贫指日待。
百舸竞发破险浪，万众一心除阴霾。

2020.5.23

夏

夏日彩笔书美景，新科花园景不同。

---
[1] 战友把红山的全景照片发于微信朋友圈，故有感而发。

虽无极品供人赏，婀娜枝条舞东风。

2020.6.22

清平乐·端午节

香包粽子，龙舟破浪向前。千年端午为谁言？传闻悼念屈原。

告诉去日神仙，今日人民胜天。不只闲咏《离骚》，开创盛世纪元。

2020.6.25

端午随笔

千年端午为谁言？百姓传闻悼屈原。

不知楚江浪滔滔，能否洗去忠臣冤？

2020.6.25

贺我国首次火星探测器发射成功

航天强国力无穷，"天问一号"奔太空。

火星虽是遥遥远，"嫦娥"奔月路路通。

中华儿女多奇志，碧海蓝天舞东风。

科技高峰勇登攀，民族复兴不是梦。

2020.7.23

浣溪沙·连日多雨

一夜潇潇雨缠绵，黎明沉沉阴云天。长安梅雨如江南。

喜鹊声咽雾漫漫，云笼碧水百花残。欲赏花姿等来年。

2020.7.25

第二章 赤子情怀

夏 咏

炎炎赤日如蒸烤，始觉原来冬也好。

冰冻三尺风似刀，却盼雪融春来早。

莫恨人生欢娱少，且看风树月下草。

劝君珍惜当下日，静观西山斜阳老。

2020.7.26

庆"八一"[①]

老兵相聚庆"八一"，两鬓斑白忆往昔。

今有老母同庆贺，不忘人民好子弟。

巧遇战友子新婚，举杯同贺喜上喜。

莫说老太九十七，盼望晚辈齐努力。

拙作献礼建军节，故乡人民在心里。

牢记使命不褪色，黄忠披挂仍杀敌。

2020.8.1 于太原

庆"双节"

中秋桂香皓月圆，满山红叶枫林染。

国庆恰遇团圆节，国盛家圆人康健。

2020.10.10

重阳节

金菊飘香秋色浓，满山红叶映长空。

[①] 7月30日回到家乡，将《辉煌历程——信息产业部电子综合勘察研究院65年发展史》《辉煌岁月·无悔青春——中国核试验基地研究所勤务连》《蘑菇云升起的背后》三本书捐赠给闻喜县档案馆。战友相聚，并带97岁母亲游览晋祠等地。

太平盛世万民乐，老兵相聚忆弟兄。

感恩党的好领导，不忘救星毛泽东。

举杯常思天山雪，无悔边关献此生。

2020.10.25

附：林余彬战友和诗

金秋丹枫漫，篱前素菊香。

青山松不老，把酒度重阳。

冬　雨

首场冬雨裹东风，满树残叶皆飘零。

遍地换装披金甲，朋友圈中晒奇景。

莫叹飞雪将来临，且看蜡梅露峥嵘。

待到万紫千红时，亦有冰雪谈笑声。

2020.11.19

西安初雪

天宫寒风强发威，霜河杨柳白絮飞。

十三古都披银装，胜天美景入镜里。

2020.11.23

贺"嫦娥五号"探测器发射圆满成功

"长征五号"再出征，"嫦娥"奔月掠繁星。

纵观天下谁人敌，中华亮剑抖雄风。

茫茫宇宙任我往，浩浩银河由我行。

太空从此不寂寞，吴刚举杯同庆功。

2020.11.24

赞"嫦娥五号"发射成功

"嫦娥"破雾奔月宫，喜会玉兔傲苍穹。
千年梦想今实现，吴刚举杯喜相迎。
银河滚滚翻波浪，神箭隆隆升太空。
佛祖可问人间事，大圣敢摘日月星。
鹊桥通往华夏村，牛郎织女勤奋耕。
莫说天梯险阻多，英雄儿女勇攀登。

2020.11.25

赞劳模

人民才是真英雄，伟大出于平凡中。
田间工厂科研所，勤劳智慧力无穷。
全面脱贫彰七彩，决胜新冠展雄风。
新时代里有作为，无私奉献再出征。

2020.11.26

贺"嫦娥五号"发射成功

"天问"首飞[1]九霄中，"嫦娥"紧随展雄风。
巡视玉盘绕落回，[2]敢舞长袖建奇功。

---

[1] 指"天问一号"7月23日发射成功，飞行约7个月才能抵达火星，通过2至3个月的环绕飞行后着陆火星表面，展开探测任务。
[2] 指"嫦娥五号"环月飞行完成"绕落回"的任务，在月背着陆，成功钻取月壤并返回着陆。

登临火星不惧远，往返月宫自轻松。

昔日美苏月争霸，①今我出彩谈笑中。

2020.11.26

赞"嫦娥五号"

"长五"壮志冲霄九，托举"嫦娥"寰宇游。

茫茫云海寻宝藏，弯弯月宫竞风流。

莫叹高天寒流急，且看捷报传神州。

待到"嫦娥"归来时，携带月壤吴刚酒。

2020.11.26

贺"嫦娥五号"成功落月

多日穿越云海中，今天喜讯刷微屏。

"嫦娥"舞袖会吴刚，月面择机选址停。

热泪纷纷化作雨，美酒杯杯庆成功。

谁说银盘多寒流，华夏似火热情浓。

2020.12.2

定风波·雪

春夏秋冬轮流转，阴晴冷暖遍世间。白雪时令如期到。山河，银装素裹换新颜。

苍生冬藏知进退，始知。冬去春来百花艳。遵守规律自然事。自强。笑迎"三冬"北风寒！

2020.12.3

---

① 指当年苏联和美国两大霸主在航天领域的竞争。

第二章 赤子情怀

贺"嫦娥五号"挖土封存成功

"嫦娥"奔月非梦里,三十八万听指挥。

探囊取物技娴熟,环环相扣显精微。

遥控贮存无漏洞,打包封存堪完美。

谁说鞭长力莫及?"嫦娥"玉兔月中会。

2020.12.3

贺"奋斗号"深潜超万米

上天揽月登火星,下海捉鳖闯龙宫。

探索征程无穷尽,创新装备举日升。

入地四极[①]寻生物,马里奇闻出令行。

重器连连显华夏,功勋卓越中国龙。

2020.12.4

赞"嫦娥五号"由月面起飞

挖土封存很圆满,地外起飞更惊艳。

梳妆打扮多壮丽,转身离月红旗展。

华夏腾飞志不移,美苏争霸成哀叹。

仰望云霄天外景,炎黄雪耻艳阳天。

2020.12.4

相见欢

——贺我国首次实现月面国旗展示

看"嫦娥",多从容,智无穷。携土起飞,辞月国旗红。

---

① 马里亚纳海沟被称为"地球第四极"。

吴刚酒，玉兔笑，乘东风。漫步云海，银河挂彩虹。

2020.12.5

纪念西安事变 84 周年

台海风云起波澜，怎能忘却去日烟？

谁违民意当诛之，惊天动地用兵谏。

"台独"嚣张不自量，定有贤能寄民安。

祖国统一必到来，共享繁荣艳阳天。

2020.12.12

时代楷模[①]

巾帼何须让须眉，扎根深山志不移。

沟壑溪流何所惧，穷乡僻壤育子弟。

独身无后等闲事，千名女孩步踪迹。

红梅傲雪高品格，春日花开多明媚。

2020.12.13

等待"嫦娥"回家

舞袖奔月云海中，已别吴刚踏归程。

神州巧布天罗网，精心安排海陆空。

虽然风狂霜雪急，亦防雾霾飞沙浓。

百次演练查疏漏，静待"嫦娥"披彩虹。

2020.12.16

---

① 指被授予"时代楷模"的全国优秀教师张桂梅。

破阵子·贺"嫦娥五号"回家

文昌起步奔月,实现千年梦想。稳落月宫舞广袖,巧手取壤自封装。中华当自强。

首次地外取样,三步圆满流畅。内蒙草原冰雪封,万里归来闪银光。凯歌多嘹亮。

2020.12.17

人月圆·贺"嫦娥五号"返回

神州大地传佳话,众首仰天空。"嫦娥"舞袖,月宫取土,吴刚情浓。月地转移,空间搏击,样品交封。梦想成真,寰宇荡绕,光耀群星。

2020.12.17

鹊桥仙·"天问一号"

云海浪急,喜讯频传,探宇丰碑再铸。"天问一号"将到站,环绕火星迈新步。

星台置酒,风云迎客,隔空挥手高呼。空间驿站宴宾朋,天上人间亦可渡。

2020.12.18

贺王相诚战友八十大寿

曾握钢枪守国门,抗击印军泣鬼神。
转业地方不褪色,牢记使命不忘本。
穿越风雨悟大道,云淡天高性自真。
愿兄再活八十年,东临沧浪济良辰。

2020.12.20

巫山一段云·冬至随笔

冬至数九始,春日临近中。严寒冷月迎雪松,挺拔且从容。

漫步暖室外,寻芳郊外逢。数月无雪叹干冬,却见梅花红。

2020.12.21

中央经济工作会议有感

年考圆满百分优,战魔虽艰誉五洲。

挥桨破浪过险滩,众志成城同战斗。

联防联控创奇迹,复工复产我独秀。

内生动力万民乐,外借商机百川流。

民生改善有目睹,科技追赶冲霄九。

全民脱贫民幸福,中华大地书春秋。

百年建党送厚礼,"三新"①定位争上游。

2020.12.22

临江仙·航天脚步

宇宙奥秘无限,美俄领跑在前。中华今日猛加鞭。巨龙已腾飞,超越勇向前。

"北斗三号"组网,"天问一号"并肩。地外采样又回转。九天再揽月,天宫书新篇。

2020.12.24

纪念毛主席127周年诞辰

一轮红日出韶山,万里江山换新颜。

---

① 立足新发展阶段、贯彻新发展理念、构建新发展格局。

中国人民站起来，结束百年大灾难。

反击两霸三世界，上天入海只等闲。

巨龙腾飞震寰宇，赢得世人永怀念。

2020.12.26

纪念毛泽东

红日升起韶山冲，中国出了毛泽东。

文韬武略平天下，呕心沥血为百姓。

宗旨思想服务民，痛击霸权民族兴。

光辉人生耀大地，泽润华夏千秋颂。

2020.12.26

贺全球首列时速 350 千米货运动车下线

岁暮收官捷报多，一路欢笑一路歌。

中华巨龙勇跃起，铁流轨道穿云过。

智能环保时效高，科技创新更洒脱。

可笑西方螳螂辈，东风追日快如梭。

2020.12.28

赞环保

山花烂漫绿水清，蓝天白云星月明。

环境美好人民乐，齐心协力共逐梦。

造福子孙不遗力，共谋福祉百姓声。

庚子年中看世界，战"疫"斗魔中华龙。

2020.12.29

"三农"工作会议

脱贫攻坚满收官,乡村振兴再冲锋。

"三农"工作又布阵,拓展践行收获丰。

青山绿水宜居地,华夏神奇永年轻。

福祉民生载青史,更喜农村焕新生。

2020.12.30

新年抒怀（二首）

一

抗疫征程举世惊,唯我神州稳获胜。

筹谋引领民生事,领导带头中央功。

欧美悲伤虚胖势,中华复兴力无穷。

"十三五"铸辉煌史,而今迈步新征程。

二

新时代里庆元旦,绿水青山增新颜。

抗疫灭灾显辉煌,凝心聚力挽狂澜。

依靠工农奔小康,全面脱贫功圆满。

巨龙腾飞不可挡,踏星步月永向前。

2021.1.1

元旦随笔（二首）

一

岁月如梭织彩卷,年轮似画展人间。

不谋身外虚名利,只为人安体康健。

元旦贺词鼓壮志，亿万民众克难险。

老兵退休不褪色，不忘初心乐奉献。

二

窗含冰霜雨雪飞，楼下墙角数枝梅。

新冠狂舞殃世界，唯我中华胜魔敌。

全面脱贫千载梦，"嫦娥"探月万里归。

建党百年铸辉煌，中华巨龙再腾飞。

2021.1.2

新年感悟（二首）

一

疫至寒冬复猖狂，举世皆悼病殁殇。

五洲染疾摧肝裂，四海生瘟魔染疆。

天涯共此罹难时，怎教霸权甩锅殃。

巨龙腾飞庆新年，定使春风净万邦。

二

辞旧迎新又一春，转眼已是耳顺人。

远离利欲烦恼少，贴近自然享天伦。

闲赋诗书为练脑，踏青旅行可健身。

深悟松梅傲冰雪，领略百花满园春。

2021.1.3

小寒抒怀

时间快如风，小寒伴九生。①

自然规律事，人们遵循行。

天地共和谐，冬藏春日耕。

莫叹飞雪到，百花孕育中。

2021.1.5

菩萨蛮·闲咏

落叶随风满地跑，无情岁月催人老。足踏江山雪，挥毫书星月。

春夏秋冬轮，酸甜苦辣韵。快乐在心中，潇洒健康翁。

2021.1.6

相会网络

一元复始迎新年，四海更新春满园。

时空网络真快捷，寰宇好友一线牵。

舞笔弄墨晒美景，嘘寒问暖祝平安。

屏显奇葩心自醉，同庆共歌新春还。

2021.1.7

2020 印记

二〇二〇不寻常，冠疫洪涝逞凶狂。

西方甩锅无良策，华夏人民有主张。

攻坚克难花独秀，复苏脱贫果辉煌。

---

① 指小寒伴随着数九到来。

巡天入海捷报传，完美收官战旗扬。

2021.1.8

献给第一个警察节

祖国卫士爱人民，听党指挥献终生。

团结奋进勇奉献，除恶扬善担重任。

公正文明严执法，不怕牺牲泣鬼神。

确保平安多和谐，碧血丹心铸警魂。

2021.1.10

减字木兰花·赞梅

千里冰封，我自欢笑寒冬中。独立悬崖，任尔北风雪飘洒。

情怀大漠，逆境难时仍追梦。敬意由衷，隐见展枝冰雪峰。

2021.1.12

回首 2020

庚子"新冠"侵山川，火神雷圣卫桑田。

齐心协力灭妖魔，西方甩锅入险滩。

"天问""嫦娥"巡天游，"蛟龙""奋斗"潜深渊。

中华儿女多奇志，红心向党庆百年。

2021.1.14

大　寒

大寒无雪地却寒，北风无情泪吹干。

神州"新冠"去又来，外国疫情更凶残。

冰天事记即将去，华夏齐心保平安。

企盼新春迎飞雪，五谷丰登万家欢。

2021.1.20

咏 雪

万里雪飘驰蜡象，千山冰封射银光。

冷月森森映山河，寒风阵阵织素装。

山空叶落念行客，巷僻人稀树严霜。

戈壁楼兰常入梦，梅花一朵向艳阳。

2021.1.25

闲 书

新科花园闻书香，字里行间透春光。

阅尽人生不平路，中华精神大弘扬。

2021.1.28

腊 月

鼠去留下疫情斑，牛来面临岁月艰。

阴霾缕缕遮碧日，蜡梅朵朵迎霜寒。

灞河垂柳挂残雪，秦岭昂首望云天。

企盼"新冠"归樊笼，好趁春光放纸鸢。

2021.1.29

闲 咏

半日偷闲字墨间，历史长河水潺潺。

第二章 赤子情怀

红尘紫陌浮白云，夕阳晚霞照青山。

2021.1.30

咏 雪

寒风刺骨雾茫茫，神州一夜披银装。

片片飞洒似蝶舞，丝丝凝结如琼廊。

高天滚滚景一色，大地微微铺冰霜。

寒梅独笑风雪中，孕育春天百花香。

2021.2.2

事 记

病起突发九十八，诊治及时空院扎。①

床前服侍精照料，窗外景物披晚霞。

2021.2.10

苏幕遮·庆新春

雪违约，冬止步。回首鼠年，神秘何谓谱？抗疫防洪皆子鼠。唯我神州，磅礴依然赋！

迎春风，看外土。好戏连台，西方"真"民主。天地风云共渡。中华大地，阔步康庄路。

2021.2.12

咏 雪

古都一夜开梨花，大地万物银装挂。

---

① 指98岁母亲得病入住西安空军医院。

祖国山河无限好，三秦大地焕春华。

2021.2.13

新年随笔

辞旧迎新承东风，时间如梭去匆匆。

莫叹年轮催人老，夕阳彩霞染碧空。

"死海"①鸣放惊天雷，怎怕寒冬冰雪封。

待到春花烂漫时，点缀山河别样红。

2021.2.14

春 节

一元复始步不停，四季更替皆美景。

千里河山庆盛世，万物复苏冰雪融。

天道酬勤寄众望，人间和谐沐春风。

"新冠"无情人有义，善爱相伴神州兴。

2021.2.15

春 景

灯笼盏盏照古城，梅花朵朵飘香浓。

嫩草尖尖添绿茵，杨柳丝丝唤春风。

春联副副寓民意，游园座座荡歌声。

神州处处美景在，众人个个喜盈盈。

2021.2.16

---

① 指核试验场区罗布泊。

风入松·飞雪迎春

光阴似箭路不平，未敢论绩功。廿年边关从军路，尽职责、奉献青春。春雷长鸣梦里，难忘戈壁霜浓。

漫天皆白至寒冬，蜡梅别样红。严寒练就壮志，迎冰雪、谈笑步从容。莫叹悲黄昏颂，冬日去有春风。

2021.2.18

时　间

昨天幼童今日翁，时间如梭快似风。

劝君永葆童心在，夕阳晚霞依然红。

2021.2.20

雨夹雪

乍暖还寒绿草茵，杨柳吐丝气清新。

雪恋春雨不愿去，久旱大地醉透心。

2021.2.24

雨雪天

窗含霓虹雨雪飞，门外墙角数枝梅。

"新冠"狂舞殃世界，唯我中华胜魔鬼。

全面脱贫千载梦，"天问"火星报春晖。[①]

鼠途多舛金牛至，瑞雪飞洒迎春归。

2021.2.25

---

① 2月24日6时29分，火星探测器"天问一号"成功实施第三次近火制动。

闹元宵

雨过天晴观花灯，焕然一新"不夜城"①。

千姿社火立体画，万盏灯火映长空。

2021.2.26

春之舞

公园处处广袖舒，太平声声响锣鼓。

黑肤黄发齐入列，中西阵容载歌舞。

2021.2.27

贺全国脱贫攻坚总结表彰大会

元宵前夕山河新，"平语近人"励世人。

神州扶贫获全胜，苍生脱困梦成真。

攻坚路上大步迈，战斗身影永留存。

百年伟业庆盛世，万众不忘党厚恩。

2021.2.28

元 宵

牛年元宵异样情，疫情难阻欢歌声。

社火芯子立体面，隔屏观演②情亦浓。

2021.3.1

---

① 指西安大唐不夜城。
② 由于疫情，只能通过电视、手机观看。

学雷锋

伟人号召学雷锋，男女老少齐响应。

五十八年新风尚，神州大地学英雄。

火热时代难忘怀，忠于革命在心中。

爱憎分明不忘本，雷锋精神永传承。

2021.3.5

附：陈恒瑞战友和诗

雷锋精神代代传，主席教导记心间。

平语近人常学习，中华大地书新篇。

附：孟凡号战友和诗

　望城穷小子，荣愿进军营。

　憎爱非忘本，言行亦德诚。

　笃心仁义信，赞语礼忠情。

　榜样军民学，精神永共鸣。

贺"两会"召开

奋进新世有梦想，百年风雨现曙光。

再绘远景描锦绣，近期蓝图泛花香。

为民服务是宗旨，依法治国党领航。

中华复兴指日待，巨龙腾飞书新章。

2021.3.6

庆"三八"

巾帼力顶半边天，史册千秋美名传。

替父从军杀倭寇，抚琴赋诗美婵娟。

红色娘子军歌壮，飒爽英姿信念坚。

华夏传承多奇志，锦旗高举谱新篇。

2021.3.8

咏 花

牡丹国色容颜娇，荷花出泥勇赶超。

秋菊迎霜争怒放，红梅劲骨凌碧霄。

2021.3.12

事 记[①]

一、悼念张孝林、薛迪山战友

曾经戎马惜相依，四十二年难忘记。

戈壁大漠留足迹，化爆场中是阵地。

英年早逝驾鹤去，山河悲咽永别离。

二、清明缅怀

时值清明，日暖风清，翠柏凝春，更显郁郁葱葱。我们怀着无比崇敬的心情，深切缅怀张孝林、薛迪山两位烈士，追忆他们爱岗敬业的精神品质，艰苦奋斗、无私奉献的光辉历程，祭奠他们的青春英灵。以此来表达我们无尽的怀念和哀思，也以此告慰他们的在天之灵。

风萧萧，江水寒，壮士一去不复还。张孝林、薛迪山，为了我国

[①] 清明节前，张耀民战友为了在"美人桥群"中纪念张孝林、薛迪山两位烈士，几次来电话让写一首短诗和文章。故写之。

的国防事业，为了核试验，为了化爆场的正常运行……献出了宝贵的年轻生命！他们的人格、他们的情操都浓缩在他们那短暂的一生中。也许，时间会冲淡记忆。但是，我们勤务连的所有战友不会忘记他们。

安息吧，英雄！我们会收起眼泪，会把你们为党为国无私奉献的精神传承，在建设新时代中国特色社会主义的征途上，弘扬社会主义道德风尚，发挥余热，永葆红色江山永不变色。

2021.3.20

悼母亲[①]

九十八载风雨稠，乱绪纷飞故国秋。
今夜九天魂欲往，云稀星远月如钩。
母爱清风枕上来，童真旧事涌心头。
但愿爹娘再携手，西朝王母共仙舟。

2021.4.2 于故乡

附：张宁同学发来的悼词
——愿老人家一路走好！
生前尽孝，未留遗憾！
高寿仙逝，节哀顺变！

附：林余彬战友发来的悼词
惊悉老母仙逝，望节哀顺变！
清明时节雨纷纷，当思苍天祭故人。

[①] 2021年2月4日，母亲突发脑梗住进西安空军医院，3月24日病情加重恶化，3月28日18点36分走完了98年的人生路程。

慈母驾鹤仙逝去，潸然泪下送母亲。

　　附：杜宏业战友发来的悼词
　　父母亡，三年五载情难收；
　　回故里，清明时节把土培；
　　泪暗流，世界再无爹和娘；
　　线已断，无人叮嘱添衣裳……
　　　　保重老哥！

　　附：畅仲礼同学发来的悼词
获知老人驾鹤西去，深为同学悲痛万分；
慈爱母亲伟大一生，儿孙满堂尽忠尽孝；
今生今世无愧来生，天堂老人一路走好！

母亲去世头七
九十八载经雨风，受尽磨难路不平。
见证百年沧桑史，慈容依旧若花明。
不孝之子甚愧疚，地动山摧断雁声。
泪水化作倾盆雨，松山高处卧芳茔。

2021.4.3

　　附：李德江战友和诗《哭娘亲》
清明时节雨蒙蒙，高山松柏伴坟茔。
泪水化作倾盆雨，痛哭娘亲荡回声。

附：林余彬战友和诗
一年一度一清明，兴杰老弟泪水盈。
慈母驾鹤仙逝去，孝子叩拜慰平生。

附：张耀民战友和诗
寿星仙逝乘鹤去，魂归故里三晋泣。
清明泪花寄哀思，母亲永存嗣心中。

附：宋雷柱战友和诗
清明时节雨纷纷，古冢又添新人坟。
亲人西去百肠断，相思泪水满倾盆。

附：宋天生战友和诗
慈母仙逝皆悲伤，孝道已尽好儿郎。
擦干眼泪慰母灵，继承遗愿当自强。

清明祭拜父母

清明时节拜新坟，慈母安息雨纷纷。
二老双亲乘鹤去，呼唤不应断儿魂。
恩威并重施良方，甘苦同尝益子孙。
一炷清香寄哀思，两行热泪谢深恩。

2021.4.4

附：李平华战友和诗
一炷清香纸，思念故亲人。

膝下跪双亲，痛不见真容。

悼念哥哥

正直谦恭态不阿，短暂一生苦寒磨。

为子操劳不辞苦，卧床二年怎奈何？

仰天长叹泪沾巾，历尽艰辛路坎坷。

但愿一路能走好，驾鹤西去早超脱。

2021.4.5 于故乡

1984 年与父母在北京留影

清　明

一

清明时节雨倾洒，东风轻拂桃李花。

山河处处忆逝亲，坟茔座座添新花。

2021.4.7

二

炷炷清香茔前燃，缕缕思念泪如泉。

杯杯祭酒随风去，朵朵白云缀蓝天。

2021.4.9

母亲去世三七

春情莫怪梨花薄，恰似纸钱片片落。

雷惊九霄风云起，雨如泪水润山坡。

一片伤心画难成，一炷清香祝愿多。

永记父母养育恩，化作春风抚松柏。

2021.4.17

哥哥去世三七

哭兄久卧病缠身，骨瘦如柴苦呻吟。

遗语难嘱儿女泪，仙游可知骨情深。

魂飘天外兄无所，雁过苍穹弟悲闻。

手足随水东逝去，望眼欲穿难追寻。

2021.4.19

雨 天

黄沙飞旋欲遮天，白雨洗尘润河山。

莫惜落花逐流去，且看秋日果满园。

2021.4.21

贺第六个中国航天日

自古就有飞天梦，嫦娥奔月化春风。

"天问"探寻宇宙路，寰宇响彻"东方红"[1]。

"天宫"[2]扶摇九万里，"祝融"火星车命名。

"玉兔"[3]巡游月宫密，"神舟"[4]扬帆力无穷。

2021.4.24

古都雨景

四月阴晴天，三日连雨寒。

难止踏青步，秦岭赏花颜。

四面满春色，八方车马喧。

备战全运会，盛况属长安。

2021.4.25

春

春风春雨春满堂，花开花落花亦殇。

春雨绵绵人间醉，路途漫漫留芳香。

2021.4.27

渔歌子
——贺中国空间站天和核心舱发射成功

"长征五 B"升苍穹，文昌雷霆震太空。庆突破，呼成功，天

---

[1] 指我国发射的第一颗人造卫星播放的乐曲《东方红》。
[2] 指我国天宫空间站。
[3] 指"玉兔号"月球车，"玉兔二号"已在月球背面工作了840余天。
[4] 指我国"神舟"系列飞船。

和核心舞东风。

2021.4.29

母亲去世五七

五七相思坟前头，战友陪伴情更稠。

不惧遥远来祭奠，奈何母魂到瀛洲。

白云朵朵波光远，星河冷冷月影幽。

曾因玩耍荒书怒，也为三餐少米愁。

父母为国不畏敌，儿承遗愿分国忧。

2021.5.1 于故乡

附：唐东林战友和诗

老母五七祭，恕不能亲临。

千里寄哀思，表吾一份情。

附：胡克仁战友和诗

老母仙逝已五七，儿孙祭奠在墓前。

供品摆满坟茔边，儿孙跪哭声震天。

贺"天问一号"成功着陆火星

破云高骞祝融舟，着陆火星传五洲；

昔日嫦娥奔月宫，今朝天问寰宇游。

琴心剑胆铸天梯，虎略龙韬超美欧。

中华梦想定实现，敢洒热血书春秋。

2021.5.16

哀悼双星

滇青连震①惊苍穹，国土痛失两巨星②。

悲天泪洒漫江河，哀思追云驾长风。

终生为民稻做伴，杂交稻父袁隆平。

百姓足食立丰碑，攀登世界粮高峰。

肝胆外科吴孟超，医疗造诣高水平。

救死扶伤医德高，七十八载硕果丰。

两位院士结伴行，前后只隔五分钟。

终生钻研无憾事，初心不改系民生。

天堂之路君走好，来世仍为国尽忠。

举国同悼两院士，激励斗士谋复兴。

2021.5.22

贺"天舟二号"成功发射并与天和核心舱自动对接成功

点火升天邀苍穹，再攀科技新高峰。

"太空快递"再出发，自动对接展雄风。

巨龙腾飞游宇宙，创新自主技艺精。

图强立志耀世界，中华科技启新程。

2021.5.30

---

① 指云南大理漾濞县6.4级地震，青海果洛玛多县7.4级地震。
② 指13时02分，中国科学院院士、国家最高科学技术奖获得者、"中国肝胆外科之父"吴孟超因病医治无效，在上海逝世，享年99岁。5分钟之后，13点07分，"杂稻之父"袁隆平，在湖南长沙逝世，享年91岁。

"六一"

时间飞驰快如风，昨日儿童今日翁。

鬓斑亦有童心在，夕阳霞光别样红。

开心快乐每一天，要学南山不老松。

2021.6.1

端午随笔

端午佳节好艳阳，龙舟追逐粽子香。

屈原有知应一笑，休管闲人说短长。

纵身波涛虽有冤，《离骚》千古成绝唱。

今日游子泛轻舟，力争上游战狂浪。

2021.6.14

水调歌头
——贺中国空间站迎来第一批"常驻民"

天问宇宙行，刚做火星客。首建宇宙空间，中华喜事多。他国妄想独霸，搅动天翻地覆，覆手星云河。睡狮已梦醒，命运自掌握。

乾坤转，沧桑变，中华歌。科技日新月异，赶超美欧俄。勇探地月之外，敢向茫茫银河，深空亦探索。巨龙展雄姿，魍魉可奈何！

2021.6.17

贺"神舟十二号"载人飞船发射成功

神州"神舟"飞皓空，百发百中惊世鸣。

中华儿女多壮志，赶美超英奋攀登。

蛟龙入海千万里,"神舟"飞天十二程。

睡狮已醒震云天,寰宇畅游中华龙。

2021.6.18

事 记

千载神州志凌云,三英空间铸军魂。

巨龙腾飞不是梦,捉星揽月中华人。

2021.6.23

和林余彬《庆祝中国共产党成立100周年》

镰刀锤子迎风展,红船破浪驶百年。

不忘初心担使命,稳步掌舵指航线。

忆昔国破山河碎,敌寇强虐百姓难。

自从有了共产党,中华大地换新颜。

2021.6.25

附:林余彬战友诗《庆祝中国共产党成立100周年》

锤子百载帜旗红,砥砺初心使命行。

推倒三山驱倭寇,华夏雄鸡东方明。

改革开放创伟业,国富民强复兴梦。

百年红船巨轮变,党章指引船乘风。

战友相聚

举杯同忆党恩情,改天换地建奇功。

吾辈未负青春志,戈壁铸盾惊雷鸣。

鬓虽斑白军魂在，岁月留痕铁骨铮。
卫国守边洒热血，丹心铸剑刺苍穹。

2021.6.27

附：王援朝学者和诗
党建过百年，初心意志坚。
为国强自战，要民常生安。
岁月风雨过，国泰民情欢。
白鬓话青春，盛世初梦圆。

党旗颂

党旗鲜艳舞长空，使命担当伟业丰。
先锋模范冲在前，闯关夺隘续长征。
百年奋斗强中华，千载迎来盛世明。
枪林弹雨无所惧，丹心碧血为民众。

2021.6.28

建党百年感怀

百年奋斗风雨稠，前赴后继搏激流。
星火燎原南湖上，长征万里抗敌寇。
弱杆柔枝化栋梁，姹紫嫣红染神州。
革命丰功冲霄汉，中华崛起雄赳赳。
欧美西方失望眼，社会主义制度优。
一代伟人开伟业，亿万人民昂起头。

改革开放逐深化，全面脱贫撼全球。

战胜"新冠"独一枝，科技兴国驾"神舟"。

"蛟龙""奋斗"入深海，"天问""祝融"登"火球"。

在党五十戴胸徽，"章"[①]显百年竞风流。

华夏雄狮已昂首，巨龙腾飞耀五洲。

2021.6.29

庆党百年（二首）

一

南湖星火百年兴，黎明前夜灯火明。

无悔初心壮志在，锤子镰刀在心胸。

二

神圣红船驰百年，历经风霜铁壁坚。

初心不改扬帆进，牢记使命筑梦圆。

2021.6.30

"七一勋章"

百年首发功勋章，承载征途历沧桑。

南湖红船燃星火，华夏升起红太阳。

见证光辉伟业路，记载风云惊涛浪。

幸福不忘毛主席，万众紧跟共产党。

2021.6.30

[①] 指为党龄在五十年以上的党员颁发的纪念章和今天上午10点在人民大会堂习近平为获得党的最高荣誉的党员颁发的"七一勋章"。

第二章
赤子情怀

百年沧桑

把沉甸甸的史册，从头翻阅。
挥之不去的是沉甸甸的惶惑……
历史，多么像一个残酷的磨盘呀！
投进去的是血泪，流出来的是泪血。
中国，真的像一圈圈隐晦的磨道，
转过来的是贫穷落后，
转过去的是悲凉凄切……

知道为什么吗？是因为有个"神婆"——
对，一个法术无边的"神婆"，
一直盘踞在历史的道口上，
耀武扬威、横躺竖卧。
用一枚小小的玉玺，摁下一个戳，
这大千世界就成了她家的"私家会所"。
什么九五之尊、君权神授，
乘龙车凤辇，极尽放荡挥霍；
什么真龙天子、九重帝阙，
驱天下苍生，任其杀戮宰割。
下一道圣旨，刹那间山河失色；
打一个喷嚏，神仙也被吓得哆嗦！

这个"神婆"就叫"皇帝"，
三千年的岁月，

就是在皇帝的拿捏下走过。
即使江山易帜，朝代更迭，
也不过是龙孙换龙孙，张哥换李哥。
不变的是皇帝的专制，
平民百姓血流成河！
历史的进程，
犹如血色残阳下吱吱呀呀的破牛车。
皇权暴政下的中国，
好似看不到光明的漫漫黑夜……

直到洋枪洋炮轰开国门，
直到大好河山被列强蛮夷疯狂掠夺！
不平等条约铺天盖地，
皇帝老儿只会东藏西躲。
民不聊生，军阀混战，
割地赔款，丧权辱国。

终于——有一天，
请记住这一天吧！
公元一九二一年七月的一天，
鲜花如潮、骄阳似火！
有十三个青年，
代表着中华大地五十簇星星之火。
用一支竹篙将一艘画船，

第二章
赤子情怀

驶向中国革命的江河。

不畏风高浪急、险滩多多,

开始指点中华民族的江山,

谱写炎黄子孙的壮歌!

一面绣着镰刀和锤子的旗帜,

从此在人民心中升腾、飘扬,

金色的曙光在蓝天铺展,

大地灿烂、群山巍峨。

历史在呼啸声中,开放出新的花朵;

革命在新的路标前,开始了新的跋涉!

一场旷古未有的革命,

排山倒海,气势磅礴;

一批批优秀的中华儿女,

为了推翻这个旧世界,

前赴后继,苦苦探索!

这一百年,

这一百年没有了皇帝。

这天下,

不再是任何人的私人会所!

尽管还有战乱,尽管还有兵祸;

尽管还有歧路,尽管还有坎坷……

但以毛泽东为代表的共产党人,

高举鲜红的旗帜,不畏艰险,不怕牺牲,

在艰难探索中，不断跨越，勇猛突破！

从秋收起义到三湾改编，

把第一个革命根据地建设；

从瑞金红都到遵义会议，

驶出激流险滩，稳掌革命航舵。

从平型关到长白山建立统一战线，

十四年抗战，驱寇抗倭；

从西柏坡到三大战役，

摧枯拉朽，一路高歌；

从鸭绿江畔到朝鲜丛林，

不畏强权，树立尊严，

让全世界重新认识中国！

走中国特色社会主义道路，

坚持马列主义与中国国情相结合；

从幼稚到成熟，

星星之火，终成燎原之势，

照亮了巍峨群山、奔腾江河！

共和国的旗帜，

在阳光下迎风飘扬！

红旗下昂首列队的是，

亿万普通的劳动者！

新中国用激扬的旗语，

告诉世界：

第二章
赤子情怀

中国是人民的中国，

人民的利益高于一切，

一切反动派都无可奈何！

我们要向缔造共和国的革命英雄们，

深深地致意，

我们会百倍地珍惜，

这来之不易的美好生活！

我们要紧密团结在党中央周围，

不忘初心、牢记使命，

继往开来，奋勇开拓！

以优异的成绩迎接下一个百年的到来。

一百年不够！

一千年不够！

一万年，

也要坚持党的领导，

也要坚定地走新时代中国特色社会主义道路。

这是后来人的宣言，

更是穿越历史的浩荡天歌！

2021.7.1

和林余彬战友"七一"感怀《老兵党员》

庆党百年忆楼兰，青春年华献边关。

饮雪食沙住地窖，隐姓埋名战天山。

惊天动地鸣春雷，解甲归田两鬓斑。
耄耋之年志未衰，增色党旗迎风展。

2021.7.1

附：林余彬"七一"感怀《老兵党员》
芳华报国出西关，戎马逐梦战楼兰。
惊雷巨响蘑云翻，举世震惊列强寒。
解甲归田初心在，兵味不改砥砺前。
耄耋如初浑一色，夕阳染得红满天。

庆祝建党一百年

南湖扬帆一百年，劈风斩浪永向前。
全心全意为人民，鼎新革故克难险。
两弹一星惊世界，一穷二白书新篇。
构建人类共同体，全面脱贫换新天。

2021.7.1

百年辉煌

南湖举旗启红船，秋收起义敌胆寒。
井冈会师军力振，遵义会议正航线。
万里长征播火种，星星之火可燎原。
全面抗战驱倭寇，三大战役挽狂澜。
抗美援朝立国威，反苏击印固疆边。
改革开放万众乐，全民脱贫千载愿。
社会主义新时代，嫦娥奔月谱新篇。

"一带一路"兴世界,百战百胜永向前。

构建命运共同体,英明决策思路灿。

2021.7.2

六十三岁随笔

昨日庆党建百岁,六十三岁今相随。

花甲虽过党性在,牢记使命志不移。

岁月峥嵘赤子心,华年熠耀香蜡梅。

国泰家和豪兴发,老骥伏枥志千里。

2021.7.2

生日感怀

莫叹花甲近黄昏,夕阳喷薄照乾坤。

应知清贫延岁月,贪图富贵误儿孙。

光阴似箭如流水,处世坦荡美德存。

有血柔肠归热土,铮铮硬骨化印痕。

2021.7.2

庆祝建党百年

百年征途步履昂,改天换地铸辉煌。

民丰物阜国昌盛,业旺军威科技强。

鼎新革故向世界,天翻地覆慨而慷。

国泰民安千秋固,政通人和万代昌。

2021.7.3 于闻喜

百年奋斗

南湖树旗欲求真，救国救民舍其身。

不怕浪高多险滩，锤子镰刀壮国魂。

抛头洒血从容去，改天换地志凌云。

党的宗旨记心头，光芒四射照乾坤。

2021.7.3 于闻喜

高四班同学聚会随笔

四十六载风雨稠，沧海扬帆水载舟。

岁月沧桑知冷暖，人生苦乐度春秋。

欣逢诸位身康健，幸会同窗话语投。

劝君莫叹青春去，丰硕果实在晚秋。

2021.7.4 于闻喜

贺中国空间站航天员出舱

"神舟"再次太空行，三英漫步邀苍穹。

探索宇宙觅奥秘，创新自主跨新程。

图强立志荣社稷，完美出舱展雄风。

中国梦想终实现，九天揽月探火星。

2021.7.4

江城子·慈母仙逝百天

慈母仙逝隔阴阳。想爹娘，痛肝肠。面对孤坟，两眼泪汪汪。

身在军旅难尽孝，心无憾，全补偿。①

夜来梦境母还乡。老宅房，叙家常。万言难书，终生敬爹娘。在世皆应尽孝心，莫待去，徒悲伤。

2021.7.5 于故乡

建党百年有感（二首）

一

南湖举旗指航向，带领人民救存亡。
旌旗漫卷摧腐朽，战天斗地灭豺狼。
先锋模范是灯塔，舍生忘死党旗扬。
民富国强今胜昔，中华民族有担当。

二

辉煌历程越百年，始自南湖星火燃。
惊涛骇浪险滩过，同舟共济破浪前。
初衷不改为人民，信仰长存保江山。
夕阳增彩蓝天上，终生永记党誓言。

2021.7.7

战友相会②

边关一别数十冬，古都今朝又相逢。
青春岁月留戈壁，相拥互问热泪盈。
曾入大漠铸利剑，举杯同忆马兰情。

---

① 少壮参军，难尽孝心。但转业地方后，把父母接到西安，全力补偿，有病早治、尽力治，父母均未因病而卧床，临终前均能自理生活。父母在世时，尽量满足他们的愿望，不留遗憾。
② 战友张道田、纪有德从河南驻马店来西安，宴请之。

古稀不忘抚旧甲，佘太百岁仍出征。

2021.7.7

附：胡克仁战友和诗
战友相聚西安城，三位老兵在其中。
相逢相聚心激动，一切情感酒杯中。
多年不见话投机，回忆往事红山情。
青春年华深沟献，科研试验当其中。
当年小伙肯吃苦，争胜进取当先锋。
不图名利心忘我，誓为科研再立功。

建党百年颂

高举党旗永向前，辉煌伟业换地天。
中华从此站立起，列强必衰气奄喘。
造福人类谋大同，共同富裕谱新篇。
风流人物看今朝，中华梦想定实现。

2021.7.8

庆祝建党百年

南湖红船破风浪，创建中国共产党。
南昌城头举旌旗，井冈会师士气壮。
万里长征达延安，抗日灭蒋固国疆。

"两弹一星"惊寰宇，全面脱贫奔小康。

2021.7.9

情系建党百年

百年奋斗华夏强，全面脱贫奔小康。

防控战"疫"获全胜，"墨子"通信火星上[①]。

致力命运共同体，"一带一路"铸辉煌。

巨龙腾飞惊寰宇，傲然屹立在东方。

2021.7.10

战友相聚

七星相会风雨里，曾战霜雪涉戈壁。

情深义重似兄弟，举杯共祝谊无歧。

2021.7.10 小雨

附：林余彬战友和诗（三首）

一

铁马金戈征，红山建友情。

古都建营盘，余生常聚聚。

二

四人摆长城，吃碰听罢和。

经常坐一坐，到老不糊涂。

[①] 指我国"墨子"通信卫星成功发射，火星探测器成功着陆火星开展科学探测，并传回清晰照片。

三

红山一别数十载，兵心未改梦魂萦。

天各一方未谋面，唯有战友情义浓。

附：胡克仁战友和诗（二首）

一

战友常常聚西安，吃喝玩耍心中欢。

杯中酒心中的情，战友之间话心情。

酒是粮食精，越喝越年轻；

每次饮酒不必多，少喝勤饮身体康，

感情交流最亲情。祝七位战友开心快乐！

二

战友战友多快乐，喝喝小酒唱唱歌。

说不完的知心话，聊不完的战友情。

搓搓麻将打打牌，常聚常玩精神爽。

几天不见如隔秋，常在一起乐心头。

附：宋雷柱战友和诗

红星闪耀军姿展，青春奉献洒红山。

今日相聚度余年，对酒当歌情缠绵。

附：徐向荣战友和诗

美人桥群欢乐多，常有诗赋晒群中。

小聚小赌皆情义，老兵晚霞别样红。

附：陈恒瑞战友和诗

老兵群里展新颜，怡情小酒诵华年。

摆下四方龙门阵，只慕老兵不慕仙。

一剪梅·战友情

战友爱人手术成，问候声声，祝福声声。儿孙守候孝心拥，笑颜融融，其乐融融。

举家欢庆术成功，情也重重，意也重重。战友心里乐无穷，来也匆匆，去也匆匆。

2021.7.15

浣溪沙·神州在腾飞

社会主义伟业宏，中国特色建奇功。建党百年国民荣。

高速高铁高网通，绿山绿水绿色情。中华神舟傲苍穹。

2021.7.17

最高楼

——观视频《毛泽东故居丰泽园》感咏

中南海，元首居住处，帷幄绘蓝图。猜想伟人居住地，丰衣足食定特殊。泾和渭，屏幕展，应惭苦。

睡木板，唯有书满屋。补衣服，毕生真俭朴。国领袖，世间无。为人民万机梳理，求国盛百般辛苦。中华魂，光灿烂，照征途。

2021.7.18

抗击水灾

盛夏季节暴雨狂，中原大地成汪洋。

闹市顿时成废市，军队奔赴迎险上。

八方驰援郑州地，风雨同舟战旗扬。

暴雨无情人有情，爱在中华谱新章。

2021.7.21

庆祝建党 100 周年

红船扬帆路坎坷，长风破浪险滩过。

两万五千云和月，一颗红心山与河。

驱日灭蒋求解放，抗美援朝奏凯歌。

风霜雨雪百年路，勇往直前建强国。

2021.7.24

灾中情

天灾之中见真情，八方驰援洪峰中。

举国上下齐努力，大爱无疆中国龙。

2012.7.26 中雨

立秋感怀

难忘大漠戈壁秋，红柳胡杨伴丰收。

天山巍峨战歌亮，核试老兵壮志酬。

2021.8.7

八声甘州·成功圆满

看晴天万里遨飞船,船外漫步闲。有海胜伯明,携手奋战,天地相连。联驭"神舟十二",潇洒书华篇。广袤长空旅,风光无限。

空间试验两月余,喜航天精神,薪火相传。敢九天揽月,天宫聚群贤。遨太空,探索奥秘,靠创新,突破前沿。神州呼,再创辉煌,反击霸权。

2021.8.21

突飞猛进西安

十三古都著春秋,千年长安誉满球。
古风古韵展唐影,雄姿雄风史册留。
当代繁荣超世纪,日新月异伟业稠。
勿言盛唐多宏伟,今日西安更风流。

2021.8.22 中雨

忆秦娥·纪念毛主席逝世 45 周年

东方红,韶山走出毛泽东。太阳升,照耀华夏,造福百姓。

开国领袖聚群英,为民服务一片情。爱民情,人民万岁,永久回声。

2021.9.9

教师节随笔

自古老师受人敬,辛勤耕耘育精英。
三尺讲台是战场,二寸粉笔赤子情。

喜是又回正规道，抛弃铜臭虚美名。
为人师表立标杆，编织学子心中梦。

2021.9.10

满江红·献给十四届全运会

盛世长安，再起航，碧波璀璨。习主席，宣布开幕，三秦腾飞。战疫展现中华姿，古都焕然开芳蕊；星灿烂、灞河水明媚，逝流岁。

明宫美，雁塔伟。石榴红，槐叶翠。[1]贺全运盛会，旗艳霞旆。出水蛟龙耀神州，入云鹰隼显精锐。眺圣火、烈烈照长空，群英会。

2021.9.15 雨天

桂枝香·出差归来[2]

巡游星辰。正金秋飘香，硕果纷纷。天地人间一体，鹊桥相问。嫦娥望断神州路，喜今朝，天宫就寝。瑶台漫步，九霄举杯，呼风布云。

念往昔，中华发奋。叹霸权讹诈，欺我弱贫。伟人挥手，攻克艰难险困。两弹一星铺鹊桥，牛郎织女梦成真。天险通途，银河可渡，龙的传人。

2021.9.17 中雨

满江红·勿忘"九一八"

牢记历史，倭寇侵，思之恨切。痛回首，大豆高粱，东北浴血。长白悬颅英魂在，雪棉充饥节犹烈。同奋起，剑指日本鬼，全消灭。

---

[1] 指西安市花石榴花与市树槐树。
[2] 指空间站首批航天员聂海胜、刘伯明、汤洪波安全归来。

警钟鸣，仇未雪。练备战，莫松懈！看鹰击长空，浪花飞泻。神州腾飞惊寰宇，炎黄共歌樱花谢。勤砺剑，戒魑魅魍魉，举明月。

2021.9.18 中雨

水调歌头·中秋月夜思

明月千秋照，今夜更满园。谁说路途遥远？嫦娥已登攀。玉兔车行万里，采土封存转运，谈笑凯歌还。月不再寂寞，吴刚把酒酣。

小寰球，人欢聚，庆团圆。虽隔天涯，彩虹飞架一线牵。莫叹斗转星移，且看大江东去，浪花击云天！中华好儿女，携手铸平安。

2021.9.21

欢度双节

中秋国庆紧相连，老兵相聚忆边关。
战风斗沙固国防，为保和平铸利剑。
不忘初心党性在，牢记使命永向前。
五湖欢聚庆盛世，四海浪花舞翩跹。

2021.9.25 中雨

附：胡克仁战友和诗

西安战友又相聚，欢声笑语真欢喜。
梁处永军齐参加，[1]热闹氛围更精彩。

附：张耀民战友和诗

周末喜相聚，战友情义深。

---
[1] 指梁光华处长和庞永军研究员。

举杯忆军营，红山在梦里。

酒后小麻将，自在乐逍遥。

附：林余彬战友和诗

人海茫茫，岁月沧桑。今生有缘，兄弟一场。

美人桥畔，卫国固防。核弹腾空，强吾脊梁。

战友相聚，美酒飘香。唯我军营，铭刻篇章。

附：胡克仁战友和诗

八位战友坐一桌，轻松愉快端酒喝。

你来我往相互敬，谁也不愿喝太多。

喝酒本意表心情，相互敬重战友情。

喝多喝少是心意，坐在一起不容易。

月是故乡明　心安是归途[①]

狼狈为奸设陷阱，非法扣留我精英。

期盼千日今终回，宝安机场灯火明。

中国红迎晚舟归，华夏儿女放歌声。

华为娇女为国战，面对强敌舞长缨。

2021.9.26 中雨

重阳记

重阳应邀陪孙辈，顿觉年轻二十岁。

[①] 指孟晚舟归来。

无忧无虑小花朵，互动游戏故事会。

虽无登高览云海，一样赏新载誉归。

未来希望多可爱，欢声笑语歌声飞。

2021.10.14

在核试验场区留影

鹧鸪天·重阳

九月重阳丹桂香，我同幼儿把歌唱。莫叹夕阳披晚霞，祖国花朵正绽放。

战友聚，情更长，同忆戈壁春雷响。追逐中华强盛梦，人逢盛世精神爽。

2021.10.15

附：林余彬战友和诗

九九重阳小聚餐，鹤发童颜心情欢。

三杯桂酒千年月，万簇茱萸九月天。

推杯换盏忆当年，美人桥畔结情缘。

年年聚会舒心日，岁岁重阳福寿添。

浪淘沙·贺"神舟十三号"载人飞船发射成功

五十七载过,西域大漠。冲破美苏核垄断,蘑菇红云耀银河,谁能封锁!

"神舟"今出征,一路高歌。上天入地任我行,飞天巨响交响曲,超脱自我。

2021.10.16　多云

附:孟凡号战友和诗
金秋十月黄花舞,昔日春雷震宇寰。
夜半神州今牧野,星河唤醒耀边关。

和彭继超战友《林萃路夜色》

簇簇红叶赛星辰,映照夜空色怡人。
莫道风霜边关至,恰似烈火驱寒尘。

2021.10.31

附:彭继超战友《林萃路夜色》
几片红叶几树金,秋光入夜更宜人。
经霜草木美如画,随意走来处处新。

附:孟凡号战友和诗
片片酡红树树缤,金秋晚夜最怡人。
嫦娥广袖当空舞,盛景星河满目新。

第二章 赤子情怀

浣溪沙·金秋①

斗风迎雪展金黄，不与百花争芬芳。独向天涯傲冰霜。

似火燃烧暖人间，勇为大地换新装。孕育神州好风光。

2021.11.3

秋 韵②

红叶黄甲绕湖旁，同为大地换新装。

笑迎冰霜飞雪至，孕育山河百花香。

2021.11.4

雨中吟

东风萧瑟天气凉，草木摇落换新装。

街头雨伞成风景，遍地黄叶闪金光。

老兵相聚风雨中，同忆大漠斗冰霜。

"死亡之海"献青春，无愧人民好儿郎。

2021.11.29

附：林余彬战友和诗

孟冬时节雨纷纷，满目皆是黄金金。

老兵举杯欢乐喜，红山情意永记心。

附：张耀民战友和诗

金叶卷寒冬，细雨罩长安。

---

① 战友乔平在朋友圈中发了一组题为"秋"的照片，看后咏之。
② 同乡战友杨寅义在朋友圈发了一组名为"秋韵——闻喜东湖的风景照"，故随笔题之。

八仙齐举杯，红山情未了。

　　附：胡克仁战友和诗
九人相聚喜笑迎，端起酒杯乐无穷。
人人开心畅饮中，酒桌情怀显真情。

纪念毛主席128周年诞辰

少小立志安国疆，文韬武略胸中藏。
嘉兴南湖谋长策，秋收起义举刀枪。
创建井冈根据地，星火燎原燃四方。
二万五千惊天地，延安窑洞书辉煌。
浴血奋战灭日寇，百万雄师过大江。
中国人民齐奋起，抗美援朝战旗扬。
社会主义康庄道，中华儿女永不忘。

2021.12.26

　　附：胡克仁战友和诗
主席诞辰日，诗人来作诗。
颂扬毛主席，歌颂共产党。
读兴杰诗词，使战友振奋。
诗词作得好，人品唯更高。

第三章 壮美山河

　　岁月承载着历史的脚步，大地积淀了文明的精华。我们背起行囊，感受着祖国日新月异的变化。走在盛世行列的我，想到祖国，激情满怀。

　　祖国，我为您放歌！您是人类古老文明的发祥地，您是悠悠华夏历史的书写者。滔滔江河是您的血脉，巍巍高山是您的脊梁。您是世界和平飘扬的旗帜，人类文明进步的使者；您是捍卫真理的勇士，您抚慰了战火中人类的伤痛，迎来了和平的黎明。您走过五千年风雨，跨越了历史长河。

　　祖国，我漫步在您的怀抱，游走于您那壮美山河，在我心中，您是一座憩息的绿岛，你是可遮风避雨的港湾……

同学张宁题字

国庆与家人同游祥峪森林公园

清新空气流水潺，举家老幼齐登攀。

雷击石下观因由，蟒食生灵难归天。

凉风清爽解人意，玉龙吐瀑似云烟。

彩蝶花鸟争相舞，藏龙谷中笑声欢。

2013.10.6

游高冠瀑布

老幼同祝国华诞，举国处处换新颜。

九十老母不服老，腹中婴儿亦登攀。[①]

农家乐中品美食，瀑布侧畔荡秋千。

小儿骑马胜利归，艇中戏鱼笑声欢。

2013.10.7

照 金

冒雨登临四月寒，红军寨前思绪绵。

照金馆内受教育，丹峡洞穴一景添。

前辈创业几生死，丰碑高耸刺云天。

攀鱼脊梁骨岩石，方知革命多危难。

2014.4.25

楼观台

翠竹挺拔遮黄尘，碧叶似书记古今。

---

① 儿媳怀孕，一同登山。

琼台留下经印迹，楼阁尽显雅风韵。

四世同堂不辞劳，老子像前抚瑶琴。

九十老母兴致高，五月孙女同唱吟。

2014.6.18 高温

再临乌市

边陲古城忆梦中，而今再临更繁荣。

旧地居处难寻觅，兴乐老友喜相逢。

刊登在《春雷》杂志 2015 年第 2 期

2014.9.8 于乌市

吐鲁番葡萄沟

满架珍珠遮骄阳，戈壁深处吐芬芳。

微风轻轻送欢歌，幽径弯弯绕毡房。

哈萨①少女貌似花，舞姿婀娜声悠扬。

手捧奶茶敬客人，犹如仙女到家乡。

刊登在《春雷》杂志 2015 年第 2 期

2014.9.8 于吐鲁番

火焰山

大漠戈壁满目苍，飞车游览笑声狂。

美猴闹得火焰山，引来寰宇宾客忙。

烈焰难遮红石色，骄阳之下人流长。

---

① 指哈萨克族。

虽无杨柳爽心逸，一样陶冶吾心房。

刊登在《春雷》杂志 2015 年第 2 期

2014.9.8 于乌市

中　秋

秋高气爽月高挂，戈壁赏月情更佳。

岁岁月饼寄丰收，今至边塞庆中华。

刊登在《春雷》杂志 2015 年第 2 期

2014.9.8 于乌市

南山牧场

天山之巅泛银光[①]，满目翠绿多牛羊。

野花绿水增山色，畜牧遍野绕毡房。

牧曲悠扬荡山谷，鹰旋长空傲飞翔。

小妹敬我奶茶酒，敞开情怀尽兴尝。

刊登在《春雷》杂志 2015 年第 2 期

2014.9.9 于新疆

登天池

昔日王母不惧寒，边关之巅点翠眼。

银波翻卷雪山上，引来宾客奋登攀。

新朋老友喜相逢，轻驭小舟击浪翻。

同忆大漠鸣惊雷，而今鬓白志更坚。

刊登在《春雷》杂志 2015 年第 2 期

2014.9.10 于乌市

---

① 指天山积雪。

喀纳斯

层林尽染映清波，曲径仙山缀银色。

边关绿荫藏神韵，传说湖中隐妖魔。

一日千里巡国界，执笔万言书巍峨。

绝顶险峰抒壮志，密林苍松听高歌。

2014.9.19 于乌市

旅　途

东南西北皆全游，酸甜苦辣品尝够。

卫国敢食天山雪，冷眼烦登富贵楼。

吟韵常书腐败事，意浓厌握贪官手。

明知闲咏难惊天，为党献身不言愁！

2014.12.9 小雪天

富平游记

富平陵园访英雄，前辈为国壮志宏。

转战南北不辞苦，游击东西闹革命。

英名不朽传千古，陕北战旗缚苍龙。

建立陕甘根据地，迎接中央毛泽东。

2015.4.16

山海关

万里长城此为先，龙头直立云海间。

览胜疑入蓬莱界，观海似梦会圣贤。

南北戴河避暑地，举目北望有"角山"。

振喜国民①美酒迎，同忆大漠戈壁滩。

2015.8.14 于北戴河

锦　州

"辽西走廊"之东端，兵家必争可谓险。

风光秀丽多生机，"辽沈馆"②中竟忘返。

环影展厅炮声隆，遥望击浪"笔架山"。

御敌卫国男儿志，居安思危情无限。

2015.8.15 于锦州

新的长城

古人长城御敌寇，敢与尔等争风流。

嘉峪关外献青春，相聚东海放歌喉。

谁说七十古来稀？在座皆为"九〇"后。

天南海北年年聚，同品人生美好酒。

2015.8.16 于沈阳

游沈阳

天南海北聚沈阳，故宫游览多思量。

赵四小姐帅府楼，昭陵群楼显凄凉。

"九一八"事应铭记，强我中华铸辉煌。

青松翠柏御风沙，铮铮铁骨气轩昂。

---

① 指高振喜、杨国民两位战友。
② 指辽沈战役纪念馆。

任他黄沙遮天日，独擎绿叶向斜阳。

电闪雷鸣身不倒，胸有正气日月长。

老兵远自关中来，关中自古帝王乡。

"山呼万岁"今何在？战友同乐聚沈阳。

2015.8.17 于沈阳

本溪水洞

千里长风万里云，"充水溶洞"狂诗吟。

足踏浪花三千八，"迎客厅"中观星辰。

身在缥缈犹如梦，"倚天剑"指天上人。

探索地球揭奥秘，"硅化木国"留遗痕。

"卧象峰"上观化石，自然造就叹无垠。

马兰战友同高歌，老当益壮泣鬼神。

2015.8.18 于本溪

鸭绿江涛声

鸭绿江畔会战友，夜宿冰峪沟。

断桥见证美军事，于赤、九里通商口。[①]

倚窗未听浪涛声，却见江水窗外流，

落日晚霞映江面，击浪只须一伸手，

——浪花好轻柔！

轻似美人袖，柔似苏杭绸；

岸边婀娜飘翠柳，战友相聚情悠悠，

---

① 指朝鲜的于赤、九里岛。

忽觉楼宇倒着走，恍惚身在水中游，
——景动惊回首！
抗美援朝离家走，跨江卫国杀敌寇。
十六联军又如何？从此中华昂起头！
涛声如雷势如虎，万里烟波动九州。
谁敢破浪立江上，伟人泽东书春秋。
老兵江边忆往昔，追思英烈在心头。
今知鸭绿江水如慈母，一波一浪皆温柔。
怒吼只缘思先烈，浪浊原是有险流。
——长啸论千秋。

2015.8.19 于丹东

夏游冰峪沟

骄阳如虎人自危，怎料冰峪微风吹。
"双龙"会聚马兰友，英纳湖畔歌声飞。
且看彩蝶伴蜂雀，花前舟旁互逐追。
桂林山色①此地显，举杯战友情已醉。

2015.8.20

大连老虎滩乐园

山路迤逦彩云间，浪花载云去不返。
珊瑚艳丽伴日月，海兽增色在虎滩。
更喜美华寿辰日②，以水代酒丹心暖。

---

① 此处有一景点叫小桂林。
② 恰逢汤美华战友生日。

待到来年再叙旧，报与杜鹃花烂漫。

2015.8.21

大连所思

北方明珠好风光，浪漫之都卧北疆。

山海岸边情人路，百年城雕美名扬。

虎雕广场聚战友，同思卫国保边疆。

今虽解甲军旅外，心系大漠哨所旁。

2015.8.22 于大连

游千山

千山仰云天，漫步仙境间。

疾驰百花过，车行九重关。

天南海北友，相会玉佛苑。

同忆惊天雷，关外报平安。

2015.8.23 于鞍山

法门寺

春暖花开物竞发，法门寺外忆戎涯。

高僧弘法逾千年，游人久仰谒圣塔。

佛光无界跨国度，问道禅悟是精华。

举世圣地纷沓至，带来繁荣与光华。

2016.5.8 于袁家村

重游二十一所

解甲分别几十年，故地重游相见欢；

华少风姿今犹在，鬓斑更显壮志坚。

令声军号随时远，为有军旅心无憾。

春色满园今胜昔，浪花推波永向前。

2016.5.9

贺新郎·战友相聚秦陵兵马俑

千载风尘月，望骊山，依稀还是，旧时宫阙。兵俑威武势奇观，空对榴花如血。数不尽，匆匆过客。当年雄风今犹在，只秦陵青冢长凄绝。向华清，诉呜咽。

大秦盛世如鸿掠。想当年，金戈铁马，勇洒热血！河山一统传盛誉，谁知愁肠千结？老兵聚，争论激烈。万里长城痕迹在，孟姜女，泪水是否尽？嗟往事，寸肠裂！

2016.5.10

华清池

琼台楼阁逾千年，兵谏亭前景依然。

几处温汤浴丽肢，满池香水化作烟。

贵妃失色春未老，马嵬坡前美梦断。

烽火台上美人笑，今日游人更乐欢。

2016.5.10 于临潼

未央湖夜景

半池清水半池灯，夏日夜色分外明。

花草装点湖边柳，争姿斗艳舞东风。

游人如织不愿去，最乐应是小顽童。

追逐打闹无忧虑，惊飞鸟腾半空中。

2016.6.10

事 记

万民欢度国庆日，驾车出游合肥市。

细雨蒙蒙多仙境，千里之遥一日至。

孙辈无知入陷阱，鸿章教育增其志。

脚踏实地干事业，万莫痴想虚度日。

2016.10.2 于合肥

顺路游

祖国美景不胜收，苏豫皖陕四省游。

非是山花多灿烂，惬意生活笔端留。

2016.10.6

来到长征队伍胜利会师的地方
——纪念红军长征胜利 80 周年

金秋十月，是丰收的季节。

狼烟滚滚，

也是中华民族生死存亡的危急关头。

甘肃会宁，一个荒凉偏僻的西部村落，

一声声霹雳，一道道闪电，

第三章
壮美山河

一杆杆战旗呼啦啦飘扬街头！

那旗赤如烈焰，旗上金星灿若北斗。

刹那间，会宁沸腾了，

激情喷薄，热血奔流！

也许正是为了这一天，

会宁，

你在这贫瘠的土地上苦守了无数冬秋。

而这一天，必将载入史册！

此前，

毛泽东已率部队到达吴起，

为红军扎根陕北打下根基；

时刻准备指挥这支改天换地的队伍，

开赴前线，迎击日寇。

中华民族从此不再被人奴役，

中国人民从此获得自由！

那一刻，黄河的浪花向东方奔涌，

浪花中有母亲高亢的喝彩与深情的问候；

那一刻，大漠雄风从塞上呼啸而至，

风声中有黄土地激扬的旋律与欢呼的锣鼓。

啊，一双双穿着草鞋的脚板，

是怎样跨越两万五千里的漫漫征途！

亘古蛮荒风狂雨骤，

万水千山冰霜雪雾；

人世间的千难万险，

被他们踩在脚下，又从身后甩出！

数十万追兵如狼似虎，

枪林弹雨中，看我英勇红军横刀立马，

杀开一条血路！

这一天，他们终于会师会宁，

历史记下了这一切！

怎能忘记瑞金城头的激烈战斗，

更难忘记遵义会议的关键时候；

是毛泽东力挽狂澜、高瞻远瞩，

担负起救国救民的重任，

昂首立于大风大浪潮头。

会宁，那一刻你看到了什么？

——是否看到了毛泽东勒马古镇，

向陕北高原深情地瞩目；

会宁，那一刻你听到了什么？

——是否听到了三军将士的纵情欢呼：

长征胜利了！

我们到家了！

战马萧萧，百战将军热泪如瀑……

第三章
壮美山河

那一天的太阳真红，
红得像是要把千里荒滩染透！
那一天的锣鼓真响，
响得让老百姓心花怒放，让豺狼浑身发抖！

那一天，一位历史巨人正站立在高原街头，
深邃的目光穿越五千年的风帘雨幕。
那一天，我们的人文始祖——轩辕黄帝，
驾着祥云，从桥山之巅飘然而下，
指点江山，话说这片神奇的沃土……

这是一片古老而神秘的土地，
华夏文明从这里发祥，
滋润炎黄子孙生生不息，如江河万古奔流；
这是一片广袤而坦荡的土地，
它臂挽黄河，胸纳大漠，
伴万里长城，书万代春秋；
这是一片剽悍而倔强的土地，
邪恶面前不屈服、不下跪，无半点媚骨！
这土地生长英雄、哺育英雄，
为成功的英雄吹响唢呐，擂响威风的战鼓；
为失败的英雄揩干泪水，包扎滴血的伤口。
于是，李自成揭竿而起，挥兵东渡，
一杆闯王大旗直插紫禁城头；

于是，刘志丹率众闹红，登高一呼，
陕甘红军千里驰骋，势如破竹！
有一天，
我们的领袖毛泽东，
向着苍茫的黄土高原深情挥手！
你可曾想到，一个伟大的决策，
已在他挥手间酝酿成熟……

于是，他带着长征队伍，
打了一场漂亮的"割尾巴"战斗，
下直罗镇、走瓦窑堡，
直到踏上延河桥头……
因为，内有军阀，外有倭寇，
胸有共产主义的宏伟蓝图，
万里长征才远没有"到此结束"！

十三年啊，
他在延安土窑洞里为中国的前途命运，
殚思竭虑、运筹帷幄，
直到新中国的一轮红日，
从东方的地平线喷薄而出……

让我们把赞美的歌献给陕北高原，
是它深情拥抱万里长征的英雄们，

拥戴着中国革命从高原上重新起步。

让我们把赞美的歌献给会宁，

是它，会集万里跋涉而来的勇士们。

从此，使中国革命的航船，

乘风破浪，勇往直前，冲破迷雾！

刊登在《春雷》杂志 2016 年第 3 期

2016.10.8

深圳游记

滨海栈道笑语稠，深港快艇环岛游。

中英街上多回忆，地王观光满目收。

莲花山上看特区，柚子累累挂枝头。

街巷商铺人熙攘，民族风情彰风流。

2016.10.31 于深圳

香港夜色

维多利亚海上行，紫荆花开映长空。

远望繁星眨眨闪，近看楼宇户户明。

2016.11.2 于香港

澳　门

莲花广场人潮涌，赌场万剑使人惊。

离开襁褓百余年，回归祖国更繁荣。

2016.11.3 于澳门

珠 海

圆明新园造奇苑，石景山上笑声欢。

千顷碧波望无边，夕阳无限更灿烂。

2016.11.4 于珠海

夜游珠江

霓虹灯中游珠江，碧波汹涌欢声浓。

夜幕难减蓬勃势，天海共浴晚霞情。

2016.11.5 于珠海

越秀公园观五羊

神仙驾羊下广州，荒蛮之地变富有。

古时渔村成闹市，五羊开泰惠越秀。

2016.11.5 于广州

广 州

黄埔师生扬天下，军博犹存铁铠甲。

岭南文化不能忘，白云山上遍地花。

2016.11.6 于广州

踏上故乡路

走在家乡小路上，道旁田间百花放。

清明时节回故里，心情凝重多惆怅。

2017.4.2 于故乡

洋槐树

咬定贫基不放松，不管春夏与秋冬。

奋发向上冲云天，为我大地献青春。

2017.4.3 于白家滩

附：李德江战友和诗

古槐扎根泥土中，历经春夏与秋冬。

见证世间多变换，傲然屹立赛青松。

小 花

山花烂漫铺地开，迎春不分高与矮。

只要俏艳香芬芳，一样招蜂引蝶来。

2017.4.4 于故乡

三重天

云雾茫茫难遮艳，鲜花朵朵开满山。

冒雨前进无所惧，雾中田园更灿烂。

2017.4.5

油菜花

遍地黄花分外香，引得蜂蝶采蜜忙。

谁说闹市多繁华，我爱家乡好风光。

2017.4.5

故乡的野花

千枝万朵迎春风，装点山河露峥嵘。

不恋闹市霓虹色，此处无声胜有声。

2017.4.6

事 记

——参观鄂豫陕苏维埃政府葛牌镇纪念馆

昔日长征不怕难，而今寻访山水间。

看我中华脊梁在，硬骨铮铮筑梦圆。

2017.5.12

端午节游马嵬坡

当年败退黄土坡，六军不前怨声多。

三尺白绫随风起，方知江山毁女色。

洒泪君王情可真？谁言红颜多薄命。

今人犹记杨玉环，江山美人两蹉跎。

2017.5.30 于马嵬坡

事 记

谁说高处不胜寒，我乘东航凌云端。

俯首脚下景却是，白云下面是雪山。

2017.6.19

附：李德江战友和诗

君乘东航赴敦煌，脚下云雾白茫茫。

日行千里去朝圣，归来佛经心里装。

相聚敦煌

漫步敦煌道，满目金光耀。

老兵此相会，心潮逐浪高。

飞天梦实现，"神舟"凌云霄。

举杯同庆贺，欢乐多美妙。

2017.6.19 夜于敦煌

莫高窟游思

核试验老兵来到敦煌石窟，

仔细把每一个角落细细品读，

千年风沙沉淀着历史，

万幅壁画记录着繁华荣辱。

其实我们多年以前曾经驻扎，

只是未敢把核试验的标杆在这里轻易扎下。

外国专家的意见我们敢于否定，

为的是大展我们强大国防的宏图。

这里曾是风云动荡的边陲，

这里也展现着魏晋的铮铮风骨。

大唐盛世在这里从容体现，

处处展示着华夏儿女的完美艺术。

甜美中渗透着苦涩，

辉煌中洒落着泪珠。

而今飞天梦成为现实，

这里成为中华儿女的乐土！

2017.6.20 晚于敦煌

敦煌雅丹魔鬼城随笔

"魔鬼城"内观魔鬼，惟妙惟肖出自谁？

风蚀山岩多神奇，超越大师丹青笔。

琳琅满目难穷尽，真、切、实、怪特瑰丽。

留给子孙丰富产，登高环视增魅力。

2017.6.21 于魔鬼城

嘉峪关随思

西出阳关迎夕阳，老兵不惧鬓染霜。

胡杨虽老叶更绿，沙枣花开更芬芳。

嘉峪雄风今犹在，曼延万里固国疆。

烽火台上观明月，"神舟"飞船增辉煌。

2017.6.22 于嘉峪关

附：李德江战友和诗《雄关卫士》

羌笛奏响声悠扬，商贾驼铃传四方。

嘉峪关隘连西域，万国朝贺呈吉祥。

危机四伏今犹在，警钟长鸣眼擦亮。

老兵横眉剑出鞘，忠诚卫士守国防。

西域夜色

西域夜色多绚丽，能工巧匠亦称奇。

琳琅满目不胜收，繁荣边疆怎用疑？

2017.6.22 咏于夜市

参观酒泉卫星发射中心

后羿射日此搭箭，嫦娥登月乘飞船。
核试老兵今光临，因与此地早有缘。

2017.6.23

附：李德江战友和诗《太空吻别》
"神舟"腾飞太空间，早与"天宫"结"姻缘"。
频频"接吻"惜依别，鸟瞰酒泉是摇篮。

发射塔

电闪雷鸣志不休，魂撼大漠英姿留。
"东风"送我登云天，探寻浩宇竞风流。

2017.6.23 于酒泉发射塔

问天阁

"爆竹"①喜庆冲云霄，银河万里架虹桥。
问天阁中细思量，中华儿女逞英豪。

2017.6.23 于酒泉问天阁

参观卫星发射基地展馆

冲天壮举几十年，再现当年荒无烟。

---

① 指运载火箭。

黄沙无情催人泪，大漠有缘刻史篇。

痛击霸主有重器，东风霹雳惊宇寰。

胸装天下存浩气，中华儿女奋当先。

2017.6.23 于酒泉

张掖丹霞地貌感怀

彩虹铺满眼前村，远客误认走错门。

岭山叠岭仙境梦，萦怀绚丽惊断魂。

似怀雄心吞日月，更有铁臂定乾坤。

满目丹霞谁装点？感动天地星月辰。

2017.6.24 于张掖

茶卡湖

三千八百橡皮山，牛羊满坡云似棉。

百余公里茶卡湖，晶莹剔透望无边。

一天四季不是梦，狂风大作雨相连。

久经沙场老兵团，湖边漫步笑开颜。

2017.6.25 于茶卡湖

青海湖

高原明珠碧波蓝，无鳞湟鱼更罕见。

草原茫茫牛羊壮，凉风习习未觉寒。

夕阳映照分外明，霞光万丈更灿烂。

核试老兵喜相逢，鱼雷艇前笑声欢。

2017.6.25 晚于青海湖

途中咏

青海日出挂树梢，喷薄欲出光万道。
金沙湾中景不同，突降暴雨更奇妙。
最是道旁马兰花，引起老兵相思情。
欢声笑语满车厢，直奔目标原子城。

2017.6.26 于金沙湾

原子城随笔

三十年间多辉煌，荒原莽野举骄阳。
千军万马青春献，今日游人可思量。

2017.6.26 于 221 厂

附：李德江战友和诗《原子城赞歌》
青海湖畔金银滩，唯一特产大核弹。
若问功效有几何？马兰破壳震敌顽。

塔尔寺

寺塔林立白云间，诵经殿内香火燃。
圣地三绝多感叹，展佛之日更乐欢。

2017.6.26 于塔尔寺

相聚中卫沙坡头

十余年前曾登临，羊皮筏上追思吟。
而今老兵再欢聚，同忆戈壁战沙尘。
耳听黄河拍浪歌，难忘大漠蘑菇云。

且看老树发新枝，古老沙海励来人。

2017.6.27 于中卫

西夏王陵

再次拜谒西夏陵，荒冢残堆葬九雄。

唐封使节此建业，未想割据帝自称。

十朝兴衰谁人书？一霸崛起有人评。

千年春秋归沧海，万人闲聊可清醒？

2017.6.28 于宁夏

贺兰山岩画

历经沧桑仍粗犷，先民杰作刻岩上。

原始艺术增山色，古老文明此处藏。

2017.6.28 于银川

晚　宴

举杯惜别话友谊，难忘此行强健体。

莫道山高不可攀，老兵破雾创奇迹。

2017.6.29 凌晨于银川

战友相聚[①]

五十年前赴边关，巩固国防青春献。

爬冰卧雪天山下，战风斗沙戈壁滩。

"死亡之海"无所惧，惊天动地书新篇。

---

① 应战友邀请，今天来到河南汝南，参加 1968 年战友入伍 50 周年聚会。

如今相聚忆往事，革命斗志却未减。

2018.3.8 于汝南

相会汝南

战友相会汝南城，风光秀丽人杰灵。

石桥铭刻明代印，犹如戈壁大漠风。

谁说未央在长安？梁祝故里万载情。

莫言而今两鬓斑，革命战士永年轻。

2018.3.9 于汝南

嵖岈山

飞云飘舞似流水，绿色染尽春光媚。

老兵登高会嫦娥，吴刚降凡高举杯。

疑入仙境不识途，把酒望月任一醉。

而今后生可笑我，征战大漠终不悔。

2018.3.10

卜算子·开封相聚

青春洒戈壁，共饮天山水。军旅生涯同呼吸，友谊最珍贵。

喜今又相逢，齐声同举杯。不惧白雪染双鬓，春光惹人醉。

2018.4.15 于开封

包公祠感怀

清正廉明辨忠奸，千秋万代美名传。

世风日下倍思君,百姓呼唤包青天。

2018.4.15 于包公祠

清明上河图

绝笔繁华入画图,神功再显宋时都。
红桥之下老兵望,编钟楼上新秀舞。
苏轼酒坊题字在,武郎炊饼焦味煳。
熙熙攘攘人欢笑,咚咚锵锵太平鼓。

2018.4.16 于开封

战友相会

年年分别年年会,次次好酒次次美。
古都开封忆戈壁,洛阳牡丹映朝晖。
老骥伏枥壮志在,为国献身终不悔。
豪情浓浓化冰雪,友谊融融更珍贵。

2018.4.16 夜于林州

红旗渠感怀

穿云破雾露峥嵘,造福万民情更浓。
敢向绝壁旗一举,缚住太行小苍龙。
昔日杨贵登高呼,而今万春亦称雄。[1]
穷山恶水不复返,山清水秀惠民生。

2018.4.17 于林州

---

[1] 杨贵在修建红旗渠时任林县的县委书记,毛万春于1991年至1998年任林州市委书记,大力修建林州的道路以及村村通工程。他们都深受当地人民群众的爱戴。

第三章 壮美山河

郭亮村

勇向绝壁攀险峰，老兵相聚云中行。

急弯陡坡忽左右，越洞穿山瞬间明。

山羊小鸟难立足，车水马龙过胜景。

原始村落今胜昔，举世游客寻此名。

2018.4.18 于郭亮村

万仙山

万座险峰气势雄，千仞绝壁挂云中。

拈来花草描诗意，临水研墨画古松。

将军峰上沥肝胆，日月星石化春风。

核试老兵不服老，放歌太行壮志宏。

2018.4.18 于辉县

云台山

一路欢歌入云海，众寻仙境会蓬莱。

红石峡谷蝉鸣动，太极猕猴增异彩。

老兵相聚来散步，大步流星走云台。

药王洞里寻仙丹，茱萸峰上鲜花采。

2018.4.19 于焦作

龙门石窟

老兵春游至龙门，牡丹花开添神韵。

洞开绝壁古老事，积善参拜在修身。

风霜无情人有意，山水显灵景无痕。

魏唐盛世佛光照，艺术高峰今登临。

2018.4.20 于洛阳

洛阳牡丹

国色天香数牡丹，述说女皇武则天。

而今人们纷沓至，验证生活比蜜甜。

白发亦唱狂欢曲，少女花前再装扮。

人潮花海难分辨，彩蝶蜜蜂舞花前。

2018.4.20

别战友

戈壁大漠识弟兄，天山脚下见真情；

友谊犹如黄河水，浓情好似松柏青。

聚会方知离别久，回首难诉寸肠衷；

千杯甘露不知醉，万句心语话天明。

2018.4.21 于郑州

春　游

南北分界数秦岭，朱雀胜景更不同。

勘院职工展英姿，齐心协力登高峰。

2018.5.1 于秦岭

上海行

走南闯北电勘人，六十五载战风云。

再创辉煌歌一曲，壮志凌云摘星辰。

2018.6.12 于上海分院

附：李德江战友和诗

太行西麓晋中人，走南闯北战风云。
花甲矢志谱新曲，耀眼碧空一星辰。

上海分院

扎根上海几十春，勇与强手对练拼。
扬鞭策马图自强，乘风破浪出国门。

2018.6.13 审核考察分院后书于上海

嘉兴分院

南湖小船格外红，不忘初心记心中。
身居圣地不忘本，振兴勘院永前行！

2018.6.14 于嘉兴

嘉兴凤桥镇骨凤里工地

苍茫大地无奈何，直捣龙宫奏凯歌。
改天换地电勘人，勇往直前欢乐多。

2018.6.15 于嘉兴

家乡所思

旭日初照中条山，雀巢悬挂苍枝间。
移民搬迁显空巢，寻访荒野土路边。

脱贫路上攻克坚，幸福家园①多温暖。
感谢党的好政策，孤寡老人笑开颜。

2019.3.3 于毛家镇

随　笔

昨回故乡雨蒙蒙，风光无限麦苗青。
塑料大棚添景色，今年粮油必硕丰。

2019.3.3

故乡行

春暖花开层林染，风车飞转立山巅。
杏白桃红绿叶配，往年余粮堆屋前。

2019.4.2

事　记

战友相聚在郴州，同忆大漠书春秋。
无悔青春献戈壁，不鸣惊雷誓不休。
而今鬓白壮志在，党的宗旨记心头。
终生为民不忘本，历尽沧桑无所求。

2019.5.1 于郴州东江湖钓鱼台农庄

东江湖

东江清清鱼漫游，小雨蒙蒙垂钓稠。

---

① 指毛家镇幸福家园小区。

青山掩映果满枝，民族风情彰风流。

2019.5.2 于东江湖

战友相聚

四十年前守边疆，而今相逢在桂阳。
举杯持蟹话友谊，军旅往事胸中藏。

2019.5.3 于郴州市君临天下酒店

桂阳相会

新旧两桥现眼前，见证改革四十年。
飞车跃上三百旋，天堂山顶光无限。
战友相见千杯少，醉人风景田园间。
谁说山高险峰多？且看老兵已登攀。

2019.5.4 于天堂山

附：林余彬战友和诗
老兵真潇洒，田间享氧吧。
知己千杯少，登顶览天下。

湖南行

土家鸡店不见鸡，鸿运当头亦称奇。
瑶族镇上却相逢，千年油杉入云里。
茶壶流出琼浆液，似水沁腑醉人迷。
把酒共唱歌一曲，感谢战友小兄弟。

2019.5.5

天堂山

穿云破雾登山巅，战友相会越云端。

天堂山色收眼底，花果压枝满田园。

远望朦胧近碧翠，鬼斧神工巧装扮。

月宫可有此美景？如梦如幻山水间。

老友细品土家酒，边关情谊涌心田。

谁说天宫美色好？我等在此已胜仙。

2019.5.6 于火车上

附：林余彬战友和诗

满目青山入云端，云雾缭绕仙境般。

战友相会山水间，心旷神怡赛神仙。

记　事

谁说山高不可攀？我乘长安俯首看。

山高水长云朵朵，祖国山河多壮观。

2019.5.21 于贵阳

附：林余彬战友和诗

壮士俯首看河山，华夏美景收眼前。

我欲乘风傲苍穹，豪气一览众山川。

游织金洞

战友相逢织金洞，如梦如幻入奇宫。

十万大山藏深处，寂静群仙似有声。

铁山云雾多虚渺，反弹琵琶显神功。

五指山上话西游，神猴师徒此相逢。

历经磨难心不改，护师取经建奇功。

万寿宫前停脚步，千年石笋立巅峰。

九转天梯百家姓，灵霄宝殿露峥嵘。

美景奇葩看不尽，闲庭信步满歌声。

老兵不减当年志，灯火阑珊越时空。

2019.5.22 于贵州安顺

黄果树前过"61"[①]

远听战鼓催征人，近看幕布遮山门。

高天飞流千万里，怎及战友祝寿心？

举杯同歌超瀑布，化作蛟龙吐彩云。

千载难遇贵州行，万世不忘兄弟音。

2019.5.23 于贵州兴义

附：林余彬战友和诗

生日宴会贵州过，黄果瀑布伴欢乐。

千载难逢巧机遇，战友祝寿心欢乐。

万峰林与马岭河大峡谷

万峰林上话未来，八卦田野连天外。

[①] 今天在游览黄果树、天星桥、美女榕等景区途中，30多位战友、兄弟姐妹为我庆祝退休后第一个生日——61岁生日，使我感动不已，故醉咏之。

风鬟雾鬓云飘去，恰似梦中入蓬莱。

飞流清泉归耸壑，断桥水旁莫徘徊。

阅尽沧桑山水色，老兵新传多豪迈。

2019.5.24 于贵阳喜悦财富酒店

附：林余彬战友和诗

英雄气概多豪迈，千山万峰脚下踩。

祖国处处皆美景，兴杰健步画中来。

天　眼

中华儿女意志坚，黔南峻岭装天眼。

莫问世间谁超越，吾将宇宙已望穿。

身居小小寰球上，心系浩瀚天外天。

寻觅天空外星人，跨越星系问长短。

2019.2.25 于布依族苗族自治州

附：宋福勇战友和诗

古有诗仙李白，今有兴杰奇才。

佳作层出不穷，拜读多有感慨。

附：房猛同事和诗

纵横四海间，处处有故人。

跨越星系外，吴刚嫦娥寻。

天　坑

名为高原真不假，接天云峰画中画。

天坑可是王母造，登临漫步自清雅。

云雾之中话大漠，疑是核弹留坑凹。

莫悲险境无人到，老兵意气正风发。

2019.5.26 于黔南皇冠大酒店

大小七孔桥

大小七孔多美丽，画中之画竟成谜。

多姿荔波迎老兵，和风轻吻总相宜。

2019.5.27 于西江

千户苗寨

边塞苗寨早入梦，叹是来迟亦匆匆。

长桌宴席菜百味，观舞助兴酒千盅。

碧水倒映层层楼，星空可是盏盏灯？

天籁之音奏夜曲，雅室秀色味更浓。

2019.5.28 于镇远

梵净山

梵净山高接云天，老兵攀登意志坚。

手接白云化作墨，舒展青天作纸笺。

蘑菇云石踩脚下，放眼万里好河山。

当年戈壁鸣惊雷，今日云海书新篇。

2019.5.29 于铜仁梵净山民宿

遵义会议纪念馆

见到过你,在教科书里。

今天,我真的见到了你,

在凤凰山的南麓,

在一栋栋高楼大厦的深处,

你安静地站在那里。

简朴、温婉、低调,

像一泓清澈的水,

洗涤着每一颗虔诚的心。

没有硝烟的渲染,

我几乎忘了流泪。

一栋普通的建筑,

如何改变了中国的前途和命运!

宁静是这里的主旋律,

摩肩接踵的人们,

也将安静化成无声的影集。

从一楼漫步到二楼,

从室外走向室内,

在黑白中幻化出色彩,

最后悟出从失败走向胜利的真谛!

今后,你就永驻我的心里,

我会紧紧挽着你壮硕的手臂;

像一株攀缘的凌霄花,

用红色的花语,直视骄阳。

噢，

这里曾举行过扭转乾坤的会议！

2019.5.30 于遵义

茅台镇

昔日茅台酒三家，却闻洗脚酒池下。

而今全镇坊铺满，赤水河中映彩霞。

老兵畅饮洗征尘，同忆边关青春酒。

大漠奏响春雷曲，茅台美酒伴芳华。

2019.5.31

护 栏

千姿百态满雕栏，似木如藤和竹板。

能工巧匠克隆术，实际全是水泥建。

2019.6.1

迎国庆

老妈同我迎国庆，九十六岁仍从容。

目睹战乱旧时代，缅怀英烈泪纵横。

2019.10.2 于垣曲

事 记

崎岖不平入深山，昔日军工呈眼前。

人去楼空谁人问，闲置资产满山间。

人说山西好风光，满目景色赛江南。

自然氧吧尽享受，我与老母笑开颜。

2019.10.3 于绛县

国庆游

美不胜收天盘山，碧波轻舟去望仙。

宰相府中说裴氏，紫云寺外览群山。

2019.10.4

关帝庙

武庙之祖在解州，始建隋开皇之九。

宣德四龙今仍在，青龙偃月立千秋。

悬梁吊柱春秋楼，更有关羽读《春秋》。

染血五月已归来，战"疫"中华重抖擞。

2020.5.2 于运城解州

伴母游览

虞吴一家思舜皇，琼浆玉液玉皇旁。

老母虽已九十七，游览湿地志坚强。

登船撒网捕鱼虾，蟹笼似龙躺地上。

风电造福全人类，建造工地多雄壮。

2020.5.3 于垣曲

汤王山

中条秀丽多文明，汤王灭夏建奇功。

少年时代曾登临，而今再攀白头翁。

五十五年一挥间，十七守边献青春。

寻觅昔日乡间路，满目花海翠柏松。

2020.5.4 于白家滩

寻觅汤王山

尼姑庵前见砚台，将军庙旁战图开。

一剑劈开山峰石，汤王龙王驻云海。

猪蛙相对欲问天，神猴望山形态乖。

龙含仙草攀岩上，竹林挺拔绝壁栽。

巨鲸化石似宝剑，神龟独视云天外。

银色如意三千年，风化石刻五万载。

2020.5.5

姜嫄水乡游记

白壁映照艳阳天，绿水荡漾天壶悬。

姜嫄景色无限好，敢说此处胜江南。

今日得闲游水乡，老兵相聚把酒欢。

杨柳如弦弹一曲，醉听山歌归来晚。

2020.5.27 于咸阳

宏兴码头

百年帆船靠码头，千桅林立竞风流。

老兵相约宏兴会，敢迎风浪站潮头。

古老茅屋临岸建，水面倒映垂杨柳。

寻觅大秦文明园，归来已是月当头。
2020.5.28

生命顽强[1]

生命顽强永常青，敢破顽石刺长空。
长于贫地何所惧，笑尔东西南北风。
2020.6.13 于净业寺

秦岭随笔

秦岭巍峨郁葱葱，亭台楼阁增秀容。
曲径幽幽花鸟语，寺院碧波现山顶。
莫说山高无人到，男女老幼此练功。
踏平坎坷人生路，无限风光在险峰。
2020.6.14 随照片发朋友圈

同老妈游晋祠

老妈虽然九十七，游览神州志不移。
寻根问祖晋祠宫，王姓在目仍梦依。
历经沧桑多磨难，见证巨变思故里。
终生感恩共产党，难忘救星毛主席。
2020.8.3

附：李德江战友和诗

老娘人老心不老，身着花衣到处跑。

---

[1] 去净业寺途中，看到一棵大树，把一块石头冲破为四大块，树根盘结于石顶，可见生命之顽强，故赋诗一首。

周游列国寻故地，精神矍铄无价宝。

附：张耀民战友和诗
儿陪母亲故乡游，三晋大地寻根祖。
饱经风霜沧桑月，盛世感恩共产党。

附：林余彬战友和诗
耄耋之年精神佳，老母康健就有家。
牢记百善孝为先，兴杰贤弟众人夸。

大唐迎宾盛礼[①]

幡旗招展鼓乐鸣，灯火辉煌映古城。
举世同贺盛唐世，万国觐见君王容。
吊桥侧畔迎宾曲，月城墙下仪仗雄。
而今中华又崛起，古都长安展雄风。

2020.8.13

大荔行

战友盛情不能忘，九品十三花更香。
举杯同忆大漠事，食蟹无悔守边疆。
同州湖畔荡龙舟，丰图义仓观沧桑。
无愧中华好儿女，吾辈热血铸辉煌。

2020.8.22 于大荔

---

① 今天同儿子建超，前往南门观看"梦长安——大唐迎宾盛礼"。

田园风光

战友居大荔，邀我至田地。

五谷又丰收，果枣更稠密。

莫嫌地贫瘠，石头亦称奇。[①]

采摘不觉晚，相聚难别离。

2020.8.23

石门栈道

远望飞梁架绝岭，细看栈道接危峰。

明修暗度[②]传千古，讲述沧桑烟雨情。

坐忆边关青春月，始知鬓角白发生。

老骥伏枥壮志在，踏破飞流追月星。

2020.9.12 于广元市君兰大酒店

诸葛古镇

两汉三国文化篇，五颜六色古迹显。

西邻诸葛武侯祠，北接险途阳平关。

今日老兵驱车至，犹见当年烽火烟。

孔明羽扇安天下，吾辈春雷惊云天。

2020.9.13 于广元市君兰大酒店

明月峡

水映银岩似月色，奇峰怪石势嵯峨。

---

① 从石缝中长出一根根藤，格外茂盛。
② 指"明修栈道，暗度陈仓"的典故。

宏丽幽深黄颡洞，诗词长廊牛金多。①

临近中秋多相思，中华团圆终会得。

明月峡中望海峡，但愿同奏和平歌。

2020.9.13 于广元

雪溪洞

精美绝伦天雕塑，地下仙色梦千古。

四通八达诗难表，千姿百态画怎涂？

游人漫步忘复返，潮涌情怀细品读。

溪水清流润肺腑，月宫幽景可胜否？

2020.9.14 于广元

黄泽寺

唯一女皇武则天，仅有寺庙嘉陵畔。

北魏明清龛与窟，摩崖造像更惊艳。

妩媚巾帼扭乾坤，弱女挥手伏众顽。

无字丰碑任评说，休说女子不如男。

2020.9.14 于南充市金榜大酒店

剑门关

千门似剑刺天开，万马盘旋观景台。

天造雄关鼓士气，地生险道拒夷来。

今临犹闻战鼓擂，关楼凝视苍松柏。

---

① 指诗词长廊中一雕塑为一头金牛，屙出许多金元宝。

天梯隐隐勇攀登，古栈苍苍志不改。

2020.9.15 于南充

翠云廊

蜀道难于上青天，翠云美名为哪般？

十万古柏①遮碧日，三百蜿蜒通三关。

张飞柏下思绪多，蜀中故事永相传。

谁说山高无人到？自古英雄破险关。

2020.9.15 于南充

昭化古城

三横两纵青石板，五光十色古貌颜。

中华建制活化石，风雨冲刷四千年。

莫问繁华何处有，最早巴蜀第一县。

登高远望昭化秋，硕果累累满双眼。

2020.9.15 于广元

再游阆中古城

盛世休闲走天涯，驱车漫道寻芳华。

遨乐今日过巴蜀，登高俯视阆中花。

朱栏碧瓦映水波，五光十色迎彩霞。

红灯照亮幸福路，绿水青山美如画。

2020.9.16 于南充花园酒店

---

① 翠云廊分为西段、北段、南段，是指以剑阁为中心，西至梓潼，北至昭化，南至阆中的三条路。在这三条300里道路的两旁，全是古柏林，号称"三百里长程十万树"。

第三章 壮美山河

朱德故里

山清水秀孕元戎，救国救民献终生。

百战沙场驱虎豹，万般艰苦求大同。

纪念馆内思绪多，继承遗志怎邀功？

只为人民谋幸福，粉身碎骨只闲等。

战友宴请同举杯，戈壁大漠情义浓。

2020.9.16 于仪陇

南龛石窟

隋唐摩崖留至今，石龛佛徒隐白云。

苔径曲折碑刻显，翛然境界多诗文。

满眼壁窟石穴洞，半山艺术技绝伦。

老兵闲步山水间，祖国大地处处春。

2020.9.17 于重庆

白公馆

寻觅英烈白公馆，军统疯狂手段残。

烈火燃烧迎解放，旭日东升破黑暗。

2020.9.17

渣滓洞

一面临水三面山，几多魔窟现人间。

壮士豪情昭日月，黎明前夜绣金瓯。

2020.9.17

磁器口

巴蜀十二景，白岩寺得名。

一江加两溪，三山四街盛。

水灾毁码头，难见真面容。

白日千人至，夜晚万盏灯。

2020.9.17 于重庆

朝天门

两山环抱泾渭明，三崖绝壁缚奔龙。

百艘巨轮逆水上，十里沙堤人潮涌。

东西南北接天堑，复水重山人杰灵。

雨中细品火锅味，把酒当歌志凌空。

2020.9.18 于重庆

附：房猛同事和诗

朝天码头任子游，好山好水乐悠悠。

往事千年逐水流，吟诗赋辞巴山幽。

洪崖洞

月入山城夜色新，江畔灯火映星辰。

洪崖游人如潮涌，难寻巴渝梦中人。

2020.9.19 于重庆

附：林余彬战友和诗

山城灯火璀璨处，老兵笑傲留靓影。

五彩斑斓夜色棒，潇洒夕阳良辰度。

附：马宝利同学和诗

深山寂寞谁是客，近水喧嚣彼为卿。

琼浆玉露共长饮，安享春夏与秋冬。

四面山

爱情圣地四面山，飞瀑飘洒情绵绵。

已把青山作美女，四面相看皆笑脸。

五岳胜景此汇合，幽险奇雄怪秀全。

八仙老兵[①]不服老，增色绿水白云间。

2020.9.19 于达州

附：林余彬战友和诗

巴蜀美景甲天下，永不服老青山踏。

阅尽祖国好山水，信口吟诗称绝佳。

真佛山

山色朦胧似穿纱，水舞腰肢踏山崖。

佛儒道教此汇聚，玉佛金刚伴莲花。[②]

莫道山高无人攀，白云生处景更佳。

[①] 指我们一行八人。
[①] 真佛山原名关公山，是集佛教、儒教、道教于一体的"三教圣地"，由玉佛寺、金刚寺、德化寺、凌云寨、莲花庵、五观堂等组成。

守边老兵览群山，祖国处处美如画。

2020.9.20

重庆行

昨日登临白公馆，始知黎明前黑暗。

磁器口内多欢乐，美好生活比蜜甜。

朝天门外观盛世，洪崖灯火醉江边。

四面山水美如画，守边老兵勇登攀。

2020.9.21

"双节"旅行

新雨洗旧尘，山川草木新。

驾车冒雨行，不惧浓雾临。

会当展望眼，心中有星辰。

闲步好河山，与国共良辰。

2020.10.2

神农山

巍峨挺拔神农山，"中天玉柱"刺云间。

"龙脊长城"有五奇[1]，桃花溪畔吐清泉。

南天一天两门对，云阳临川寺相连。[2]

神州胜景无限好，战友美酒[3]更甘甜。

2020.10.4 于济源市雅致酒店

[1] 指岭奇、松奇、石奇、路奇、景奇。
[2] 两门指南天门、一天门；寺指云阳寺、临川寺。
[3] 指孟州战友设宴招待。

附：王援朝学者和诗

高山向蓝天，展眼看平川。

神农玉柱奇，无处不住仙。

人间朝圣地，总能遂人愿。

会当凌绝顶，乐观人世间。

附：范世杰同乡和诗

秋水盈盈笑，秋风淡淡抱；

秋山默默绕，秋雨静静飘。

秋色曼妙，秋烟袅袅；

秋意眼前好，秋思心上雕，

天凉多保重，幸福直到老！

黄河三峡

黄河三峡峰竞秀，蓬莱牵来一卧牛。

鬼斧神工如诗画，充满奇怪险和幽。

快艇似箭击波浪，黄河大桥眼底收。

浪底游罢至三峡，不同景色心底留。

2020.10.5 于王屋山大酒店

国　庆

国庆陪母游九州，走亲访邻会战友。

红旗飘飘迎风展，美酒杯杯庆丰收。

"新冠"疫情染寰宇，唯我中华胜病魔。

感谢党的好领导,神州处处皆风流。

2020.10.6

附:王援朝学者和诗

华夏文明数千年,和善孝敬有承传。

国庆中秋假期长,陪娘胜游大自然。

母子快乐大自然,妻贤子孝儿孙欢。

太平盛世民情畅,携手共建美家园。

王屋山

昔日愚公能移山,今日老妈敢登攀。

举目远望看神州,美好景色入云端。

石自蓬莱飞将至,泉经太液挂眼前。

老兵兴发不知归,笑看晚霞悟真传。

2020.10.7

附:王援朝学者和诗

太行山、王屋山,愚公移山华夏传。

盛世诵读心不厌,九十七岁来登攀。

附:杨寅义战友和诗

携母王屋山,感动愚公天。

自古孝为先,兴杰乃典范。

附：张耀民战友和诗
寿星立下愚公志，攀岩登山有何难？
子孝媳贤老娘乐，明年再登华山峰。

附：王平虎战友和诗
一览美景收眼底，一往情深抒心中。
古稀之年不远行，兴杰雅兴竟从容。

登 高

驱车田野菊已黄，徒步山径红叶多。
溪水有声似天籁，峰峦无语迎朝阳。
鸟蝶穿梭林荫间，云雾缭绕泛幽香。
身处盛世放眼望，旭日东升霞万丈。

2020.10.25

寒食节

寒食节里故乡行，一路风景异样情。
天翻地覆变化大，孩时小道难寻踪。
小康路上齐步走，脱贫攻坚同繁荣。
亲朋好友再相聚，共举美酒邀春风。

2020.11.16

偷声木兰花·环城寻梅

光阴如梭别庚子，世界疫情依旧是。唯我中华，正量增长耀天涯。

漫步公园寒气除，虽无霜雪梅香吐。万众喜悦，嫦娥玉兔会明月。①

2021.1.9

踏 青

春风微微轻拂面，波光粼粼易水寒。
生机勃勃潜无声，绿草茵茵缀河山。

2021.2.19

故乡行

一条黄河隔晋陕，两山傲立河岸边。
往昔一日难抵达，而今往返谈笑间。
驱车飞驰云雾中，领略神州美容颜。
故乡变化日新异，赖以导航巡山川。

2021.1.23 于垣曲五龙大酒店

散 步

漫步田野间，注目嫩芽发。
古都春来早，却思马兰花。

2021.3.3

小雁塔石廊

石狮石刻石桩首，栩栩如生观人游。

---

① 指我国探月工程成功实现了"绕、落、回"三步规划。

块块顽石赋灵性，件件杰作书春秋。

2021.3.9

丰庆公园

几日不见换新装，柳绿花红展春光。
老母病愈九十八，踏青寻春赛儿郎。

2021.3.14

晨　练

连日雾霾锁日出，难止晨练广场舞。
吾虽腿疾难奔跑，早起习惯却难除。
春夏秋冬有寒暑，风霜雨雪亦漫步。
虽无李杜诗万篇，但似学童习晨读。

2021.3.15

乡村色彩

桃红梨白映蓝天，绿草茵茵满田园。
朽木亦要吐芳菲，鹊巢巧筑苍枝间。
一丛香草止足行，数株花朵迷人眼。
春回大地万物苏，鱼游小溪水潺潺。

2021.4.6

新科花园

前日花儿开，今来花已衰。
后日再去看，红瘦绿增彩。
春老花自谢，莫把风雨怪。

相思艳阳下，人生应多彩。

2021.4.11

春游曲江

艳阳普照曲江池，碧水荡漾映柳丝。
春暖荷芽尖露出，蟹鱼畅游鸟展翅。

2021.4.13

大雁塔北广场

漫步雁塔人潮涌，林静花艳鸟不惊。
迷人景色醉游客，水舞喷射刺苍穹。

2021.4.14

公园漫步

一抹骄阳印尖洒，①万条柳丝倒垂下。
休闲娱乐画廊间，怡心红楼树梢挂。
游艇湖中轻漂荡，林荫道旁马兰花。
公园清幽绿水绕，祥云石映红花架。

2021.4.18

华清池随笔

迷恋贵妃沐浴汤，唐皇缠绵不朝堂。
马嵬坡前汨涟涟，空对山河两茫茫。

2021.4.22

---

① 指太阳照射在公园石刻印章的棱角尖上。

新城广场观鸽

翩翩起舞和平鸽，声声鸣唱春天歌。

与人和谐共相处，寓意甜美好生活。

2021.4.26

淮海战役纪念塔

百万雄师集徐州，万里烽烟冲霄九。

潇潇寒雨洗战马，殷殷热血固九州。

三大战役第二仗，奠定胜局青史留。

建党百年观旧史，老兵未敢忘国忧。

2021.5.3 于徐州

台儿庄

遗存最多抗战城，威武不屈扬英名。

中西合璧多元化，南北交融贯西东。

八大建筑于一体，七十二庙汇一城。

活的运河[1]是盛誉，码头古驳存完整。

2021.5.4 于窑湾古镇

窑湾古镇

苏北水域胜江南，吴家大院赵信店。

黄金水道金三角，宿迁睢宁邳州连。

风吹云断雨初晴，柳垂丝挂碧水间。

---

[1] 城内留存有二公里明清时期的古运河，被世界旅游专家称为"活着的运河"。

百姓心中一杆秤，同庆建党一百年。

2021.5.5 于窑湾古镇

花果山所思

少读西游似梦里，今日登临观芳菲。

东风拂云雾缭绕，西行取经千万里。

世间道路本不平，更有妖魔施诡计。

居安思危观盛世，巩固国防铸利器。

2021.5.5

连云港掠影

伊甸园中寻芬芳，万亩花海竞艳妆。

连岛①景区人潮涌，大沙湾前踏波浪。

东海水晶绝佳色，战友相会情更长。

永葆守边青春色，不负人民好儿郎。

2021.5.6 于连云港

南街村

伟人雕像立广场，小草苍翠鲜花放。

社会主义新典范，共同致富路宽敞。

按需分配解民忧，夜不闭户非梦想。

艰苦奋斗不忘本，集体主义放光芒。

2021.5.7 于河南南街村

---

① 连岛：景点名称。

第三章 壮美山河

洛 阳

应天门前花灿烂,唯一女皇武则天。

核试老兵纷沓至,隋唐遗址在眼前。

明堂天堂难分清,洛阳城塔刺云天。

丽景门里观盛世,中原第一凌云端。

2021.5.8 于洛阳

徐州补遗

淮海丰碑耸太空,博物馆外留靓影。

汉文化廊寻宝殿,民俗馆里人潮涌。

云龙山上观盛世,国泰民安沐春风。

戏马台前思军旅,未负人民养育情。

2021.5.9

"五一"行

铸剑老兵行,潇洒过六省。

品味特色肴,饱览华夏景。

看望英雄母[1],难忘边关情。

退伍不褪色,夕阳无限红。

2021.5.12

漫步潼关

应邀驱车聚潼关,举杯同忆戈壁滩。

---

[1] 指张孝林烈士的母亲。

抗战碉堡马超址，女娲抟土可浪漫？

硕果累累唾手得，祖国处处好河山。

昔日雄关英姿在，而今中华凌云端。

2021.5.17

附：林余彬战友和诗

老兵潼关行，会友亦赏景。

青春心永驻，米寿茶年等。

附：李德江战友和诗

穿越时空到史前，女娲抟土补苍天。

鼓角争鸣今犹在，潼关城楼览遗篇。

故乡新貌

百花盛开气象新，旷野翠绿浮白云。

条条大道通万家，村村器械可健身。

退耕还林山河秀，科技兴农全脱贫。

农民也跳迪斯科，风电 5G 定海针。

2021.5.24

附：王平虎战友和诗

店上仙境，百姓人间。

古城西安，可与比肩。

闲游随笔

天伦之乐享清爽，山间溪水寻菲芳。

相遇书生多斯文,寺院武侠舞拳掌。
林荫深处藏情侣,相拥无间密语长。
纤手轻摇桃花扇,草味竹韵扑鼻香。

2021.6.26

故乡新生态

故乡生态绿草茵,青山绿水遮黄尘。
乌云散去彩虹挂,碧水倒映棉花云。

2021.7.3 于闻喜

故乡的小溪

小溪潺潺淌生平,大风呼呼伴水声。
心与故溪同节奏,小鱼戏水几多情。

2021.7.5 于故乡

附:张耀民战友和诗
故乡溪水潺潺声,童年回忆在梦中。
山涧溪水甜丝丝,润泽心田忘返程。

故乡的路

昔日小路连山崖,而今大道通万家。
风霜雨雪畅无阻,遍地开满幸福花。

2021.7.6

附:张耀民战友和诗
黄土高坡路弯弯,坎坷曲折连红山。

胸怀抱负凌云志,志在四方谱新篇。

附:林余彬战友和诗
又见故乡路,心中涌乡愁。
今非昔比景,大道变通途。

寒 窑

宝钏柔女守贞坚,寒窑风霜十八年。
食尽人间千般苦,高洁贤淑万代传。

2021.7.25

战友情深

组织旅游承重担,疫情扩散添遗憾。
老骥伏枥夕阳红,蜡烛长燃永灿烂。

2021.8.3

鹧鸪天·又回故乡

老院新房面对山,一泓溪水连碧天。羊肠小道变通途,白昼运货车往返。

山里红[①],映云间,儿时爬树尝果鲜。不熟亦要先品尝,互相争抢不怕酸。

2021.8.25

---

① 指故乡漫山遍野的山楂树。

调笑令·壶口

咆哮,咆哮,祖国母亲骄傲。龙腾虎跃壶口,震撼大地九霄。奔跑,奔跑,一路高歌逍遥!

2021.8.27

如梦令·旅游

走遍祖国大地,游览名胜古迹。神州多美丽,富饶山河满神奇。妙矣!妙矣!人们幸福如意。

2021.8.28

渔歌子·故乡

虽住古都好地方,难忘儿时小村庄。山碧秀,水清凉,鸟飞蝶舞百花香。

2021.8.29

虞美人·白家滩

一夜秋雨涤山凹,硕果云雾绕。中条旖旎景妖娆,登临汤王俯视更遐辽。

牧笛声声山花笑,退耕山河俏。朝霞沐浴林荫道,漫步氧吧陶醉在今朝。

2021.8.30

西江月·佛坪熊猫基地

秦岭云雾弥漫,熊猫觅食撒欢。雨后山青空气鲜,惹人流连忘返。

风景这边独好，满目绿翠溪缠。盛世中华光无限，健康幸福乐园。

2021.10.1 于佛坪

水调歌头·石泉巨变

欢度国庆日，举家赏金秋。再临石泉会友，古城数风流。汉江浪披锦绣，和谐共建携手，谋发展同舟。开创新局面，百姓乐无忧！

石泉倩，商贸盛，环境优。业旺财稠，日新月异争一流。开放迎来新秀，发展获得甘露，赋伟业荣酬，锦上再添花，万众放歌喉！

2021.10.1

后柳古镇

风吹云断雨初晴，日照江边人潮涌。
画船破浪竞相发，后柳水乡满歌声。
山洪改变江水色，白云映照山色青。
莫道扬帆群山间，国旗飘扬格外红。

2021.10.2 于后柳镇画船上

鹧鸪天·新旧对比

十八年前曾问寒，房毁路断满目残。如今山清水秀色，灯火辉煌不夜天。

硕果累，商贸繁，民俗风情与城连。喜上眉梢乡亲乐，游人如织车不前。

2021.10.2 于中坝村

渔歌子·中坝感怀

莫道长安好地方，难忘中坝小山庄。山碧秀，水清凉，休闲养老百花香。

2021.10.2 于石泉汉泉宾馆

附：林余彬战友和诗
山水涓涓流，深山翠翠青。
空气清清新，心情乐乐悠。

虞美人·石泉情

秋风吹雨涤晴昊，硕果芳菲茂。石泉旖旎景妖娆，退耕还林开创新面貌。

景色优美人欢笑，汉江浪花高。飞架两岸商贸桥，民俗风情陶醉在今朝。

2021.10.3 于石泉

鬼谷岭

水接仙源九百旋，山藏鬼谷一万年。
天台观址接云海，龙王庙外可耕田。
坐论纵横天下事，授徒名相名将传。
寻仙今日登绝顶，漫步云海桃花园。

2021.10.4 于勉县开元酒店

附：胡克仁战友和诗
兴杰处长忙不闲，红色旅途忆当年。

当年扶贫石泉县，贫穷落后深山间。
今日重访石泉县，翻天覆地大改观。
四大景点国家级，一处更比一处艳。
石泉县城旅游城，汉江古城在石泉。
鬼谷岭景赛江南，问鼎鬼谷是景仙。
喜看今日变化大，百姓安乐赛神仙。
全国脱贫攻坚战，穷则思变艳阳天。
兴杰此访意不凡，四大景区网传遍。
群友看后齐赞美，人定胜天建家园。
扶贫政策就是好，由穷变富克难险。
群众感恩热情高，兴杰扶贫有贡献。
兴杰处长多辛苦，扶贫事迹万人赞。
军人退伍不褪色，退伍军人好样板。

诸葛古镇

再临诸葛古镇，领略羽扇纶巾。
御书忠贯云霄，借风草船布阵。
空城悠闲抚琴，秒退强盛敌群。
风起云涌千年，引人谈古论今。

2021.10.4 于勉县·中雨

拜将台

韩信雕像立古台，萧何空谋栋梁材。
月下追韩成佳话，暗度陈仓百战开。
奈何善将未善终，大风歌[①]扬满悲哀。

---

① 指汉高祖刘邦所作的《大风歌》。

莫叹功成身名败，历史评说更精彩。

2021.10.5 于汉中·雨天

清平乐·游秦岭

晓岚瑞绕，山峻奇峰峭。巍峨挺拔穿云霄，欲与天公比高。

秋高气爽云飘，倚峰瞰视多娇。神州岭美胜收，风光旖旎今朝。

2021.10.5 于汉中景玉智能酒店·雨天

华阳景区

山水朦胧雨茫茫，烟云缭绕罩山岗。

四宝园内观风雨，滑坡道旁询华阳。

古镇古道古军地，古塔古楼古村乡。

羚牛昂首迎宾客，人生须经大风浪。

2021.10.6 于洋县·雨天

浣溪沙·秦岭

连绵起伏似苍龙，横卧八百展雄风。太白映日气势宏。

磅礴人间立万世，秀色可餐魅千容。神州大地多美景。

2021.10.7 多云

附 录

先睹为快

——校《诗情话意》有感

  战友吴兴杰将他这本厚厚的书稿交到我手上,请我做最后的校对。此前帮他校对过两本书稿,都比较从容、顺利,但这次我却感觉到了有些压力。得知他这本书稿历经修改、打磨,出版时间也是一改再改,终于要正式出版了。为付梓在即的书稿做最后的查漏补缺,任务艰巨,时间紧迫;而我并不擅长校对工作,在新书即将诞生的关键时刻受命,难免生出诚惶诚恐之感。尽管如此,但为了不辜负战友的这份沉甸甸的信任,我还是毫不犹豫地答应了。

  我放弃了外出旅游的计划,开始了夜以继日的校对工作。在校对的过程中,我感到脑海里储存的那些知识很贫乏,不够用,不能完全顺利支撑这项校对工作。无奈,只能笨人用笨办法,借助于字典、辞海等工具书,去查证,去琢磨,去弄懂每一个字词的原意。我知道,只有先理解原文,明白了作者的表达意图,才谈得上去正确地校对。如此说来,校对书稿的同时,既是先睹为快,更是一次强化学习的过程。

  记不清是哪位哲人说过:"平庸的人只有一条命,叫性命;优秀的人有两条命,即性命与生命;卓越的人有三条命:性命、生命和使命,它们分别代表着生存、生活和责任。"战友吴兴杰是有责任感、有使命担当的人,同时也是心存梦想的人。他在自己的人生道路上不断前行,永不停步。他在老家读书时就爱好文学和写作,进入军营仍坚持不懈,转业地方后更是发挥了自己在这方面的特长,每天坚持写作,笔耕不辍,真正做到了"天无涯,人无境;学无涯,思无境",把自己修炼得"腹有诗书气自华",如今已进入了挥洒自如、游刃有余的境界。

  战友吴兴杰有着不平凡的军旅经历,这让他的诗作充满了家国情怀。书中内容着眼于书写他的军旅生涯和日常生活的点点滴滴,每一首诗作都是真切感悟、真情流露。粗略地看一眼，可能感觉不到有何深意，只有慢慢咀嚼，细细品味，才能领略其中蕴含的"诗情话意"。他的作品非常接地气，尤其适合我们这一代人、这一拨老兵的"口味"。从本书557首不同格律的诗作、词牌名各异的107首词作和38首新体诗中就可以看出，他对文学不懈地坚持和追求，对生活、事业始终保持着热爱，对战友心存真挚的感情，对军旅生涯充满无限眷恋和怀念。他在认真地观察着世界，诚恳地书写着生活，把自己的诗词创作，始终与生活、时代紧密地联系在一起，字里行间具有很强的责任感、时代感。

我和战友吴兴杰接触时间长，次数多，我们常常一同参加战友聚会、旅游活动。有人认为，旅游是一个消遣和消费的过程。而战友吴兴杰则把它看成是一种体验自然和感悟人生的过程。他在旅游期间也勤于写作，一篇篇诗词不断发布于微信朋友圈。我有时也受到感染，心血来潮，班门弄斧地和上一首，竟被他收录到本书中，但愿能起到绿叶陪衬红花的作用。

近年来，他已经从工作岗位上退休，赋闲在家，有更充裕的时间和更广阔的空间去写作了。事实也正是这样，他仍在努力地观察着，认真地思考着，勤奋地书写着。据此，我有理由相信，在不久的将来，他还会有更多、更好的，文采上乘的作品呈现在读者面前。我期待着！

李德江

2023年6月18日于西安

后　记

　　人生路途漫漫，崎岖不平，风雨兼程，一直走到今天。到了一定年龄，历经岁月琢蚀、世事磨炼，也就变成了一个闲适安静、悠然恬淡的人，在生活的激流险滩中，学会了把控命运而独自前行。

　　几十年来，对文字始终执着地热爱着、膜拜着。经常用简约的文字，记录着每时每刻的心境，用以填补生活的一些空白。虽然谈不上是什么创新，只是一些记录与寄托，把生活中的点点滴滴，用诗词的形式呈现，也是长期以来自我解脱的一种生活方式，也是对一些人和事的诉说，也可以算作一种倾诉吧！

　　喜欢吟诗咏词、堆砌文字，长年累月，永不停歇，直到永远。踩一路缤纷与灿烂，堆字寻欢，生命里有文字相伴、有诗歌相随，就不会感到孤独、寂寞！

　　走过春夏秋冬，走过孩提、少年、青年、中年，步入老年……人生因文字而丰盈，因诗情而浪漫。

　　我常常坐在黑暗中摸索着记下稍纵即逝的灵感，常常穿行于天南地北，奔波在青山绿水之间，探索着生命的真谛。特别是借助手机拍照的便利，或茶余饭后闲暇散步，或结伴旅行畅游各地，总是随手抓拍，有感而发。将所谓看图说话或诗情画意、图文并茂地发到朋友圈，感受着指间、笔端和快门声里的快乐，把生活中的感受传递给更多的人，希望所有的人都随之快乐！

　　文字，是笔端永不凋零的风景；诗词，是今生浓缩的生命；摄影，则留人间桑麻、山村炊烟，存古刹野寺、暮鼓晨钟，展大漠风云、长河落日，记南飞鸿雁、东去江水，录琼楼玉阁、霓虹灯彩，显时代繁荣、跨越千年。然而，拙作只是生活途中路边小草上的一颗颗露珠，离大家的期望值相差甚远，离精美、离丰润、离精细、离灵动……都还有一定的距离，远不能成为一部成功的作品，充其量就是一串真实人生的印迹，一个现实版的写真，一幅山水画的描绘。

　　真的很庆幸这么多年，一直有这么多战友、同学、亲朋好友喜欢我的文字，鼓励我、鞭策我、宽容我、接纳我、陪伴我，一路与我同行。其实，你们才是我生命中最亲密的生活伴侣！

  本书原计划去年出版，由于各种原因，时至今日才与大家见面。但巧合的是，今年中国共产党第二十次全国代表大会即将召开，天意也！我作为一个有着四十年党龄的老兵，谨以此书向"党的二十大"献礼！

  陕西新华出版传媒集团太白文艺出版社、陕西新华发行集团有限责任公司的同志对本书的出版给予了大力支持和帮助；陕西隆昌印刷有限公司的同志付出了辛勤劳动和汗水；孟凡号、李德江战友对本书进行了认真的校对，并提出了许多好的建议，我在此一并表示衷心的感谢！

  书中涉及某些战友、同志、朋友的名字，因精力有限，未能征得每一位的意见，在此一并深表歉意，敬请谅解！由于我的水平有限，加之时间关系，此书中缺点甚至错误、疏漏难免，敬请读者批评指正！

吴兴杰

2021 年 10 月 8 日于西安
2022 年 3 月 28 日修改于西安